Peter Dannig

Unerhoffte Wendungen Teil 4

Schöne Zeit

© 2014 Peter Dannig

Herstellung und Verlag:
BoD – Books on Demand, Norderstedt
ISBN 978-3-7347-3521-9

Peter Dannig

Unerhoffte Wendungen

Teil 4 – Schöne Zeit

für Patricia

Am Sonntag stehe ich spät auf. Zunächst nutze ich das gute Wetter, Bäume zu schneiden. Dann ist die Tanz-Party dran. Dabei würde ich viel lieber an meinen Notizen und den Lyrix arbeiten und nur von dir träumen. Irgendetwas hat sich seit dem Telefonat am Freitag verändert. Ich bin so ruhig, so fröhlich, voll ruhiger Sicherheit und kribbelnder Vorfreude auf unser Treffen morgen, es gibt keine dunklen Gedanken, die Welt ist in Ordnung, tief in mir besteht die Klarheit, dass es mit uns ganz wunderbar weitergeht, du mir immer näher kommst. Du schreibst so oft jetzt „lieber Fred", du hast mir einen „dicken Kuss" geschickt, du klingst beim Telefonieren so fröhlich und voller Zutrauen. So wunderbar und ruhig wie gestern und heute habe ich mich noch nie gefühlt seit wir uns kennen.
Abends arbeite ich an den Katie-Melua-Lyrix.

Am nächsten Morgen bin ich hellwach bei dem Gedanken, dass wir uns heute treffen. Kaum im Büro schicke ich dir eine SMS: „Guten Morgen liebe Pat. Ich sehne mich nach dir, endlich ein Trefftag, ich freue mich ganz doll. Ich komme um 15 Uhr und bleibe 2 Stunden. Bis nachher, gute Fahrt, Kuss und Gruß, Fred".
Heute Morgen bin ich nervös, aufgeregt wie immer am Tag der Tage, meine Hände zittern. Aber es ist eine so wohltuende, glückliche Aufregung, dieses Kribbeln, diese Vorfreude, verbunden mit dem Bedauern, dass wir heute nur zwei Stunden zu-

sammen sind. Die Stunden kriechen vormittags dahin, aber ich habe ausreichend Beschäftigung, um immer wieder abgelenkt zu werden.

Ich telefoniere mit meiner Freundin, arbeite unlustig. Endlich kann ich losfahren. Ich bin aufgeregt wie immer, aber voll ruhiger Vorfreude, eine Zufriedenheit erfüllt mich, auch weil wir uns morgen schon wieder treffen können. Dadurch bin ich viel entspannter. Dein Auto steht vorn auf dem Parkplatz, du bist also sicher da.

Du kommst dann auch schnell ins Zimmer und bringst uns Kaffee mit, Wasser hast du schon vorher hingestellt.

Wir umarmen uns fest und ich muss seufzen. Du strahlst eine glückliche Freude aus, ich fühle, dass es ein wunderbarer Nachmittag wird. Ich gebe dir zur Abrechnung etwas extra. Wir sitzen kurz auf den Sesseln, trinken unseren Kaffee und plaudern.

Du hast dein Garmin-Navi dabei und zeigst es mir mit Begeisterung. Es macht wirklich einen guten Eindruck. Du hast Schmerzen im Rücken, Nacken und Arm. Ich vermute ausgerenkte Wirbel und empfehle dir, zum Orthopäden zu gehen. Du hast Riesenbammel vorm Einrenken. Das hätte ich auch bei Nackenwirbeln, aber ansonsten ist das harmlos.

Du erzählst von einer Kühlkombination, die du gesehen hast, ich gebe dir die Ausdrucke zum Thema aus dem Internet.

Dann erzähle ich dir von der Bemerkung letzte Woche am Empfang im Club „ich brauche dich wohl nicht zu fragen, ob alles in Ordnung war, wenn Pat da ist?". Wir lachen, du sagst mir, wie die Betreuerin heißt.

Ich frage nach deinen Outlet-Einkäufen. Es war nichts, du hast nichts gefunden.

Du fragst mich nach dem Ball und Tanzen überhaupt und ich erzähle einiges, auch dass deine SMS auf dem Diensthandy genau kam als ich in die Tiefgarage fuhr.

„mit deiner Frau neben dir?".

Ich schildere die Situation und dass es gar kein Problem sei, dass du die SMS jetzt immer auf mein Diensthandy schickst.

Ich frage, ob du dich inzwischen mal auf die Waage gestellt hast. Hast du noch nicht, aber du merkst auch so, dass du abgenommen hast. Auf meine Frage bestätigst du, dass es mit deiner Tochter schon viel besser geworden ist.

„wie nennen dich deine Kinder?"

„Mama"

Dann legen wir uns nebeneinander auf den Bauch und reden weiter. Du bist so locker und fröhlich, das hat mir letzte Woche im Club etwas gefehlt. Ich streichle dir ausgiebig den Rücken.

„darauf habe ich mich schon so gefreut"

Zum erstenmal sagst du damit deutlich, dass du dich wirklich über unser Zusammensein freust.

Nachdem du dich umgedreht hast, liege ich kurz auf dir und schaue dir tief in die Augen. Du wendest zweimal kurz den Blick ab.

„das macht mich verlegen"

Dann schaust du mich aber doch immer wieder zärtlich an.

„du bist sehr schön und ich mag dich sehr, da musst du nicht verlegen sein"

Danach verwöhne ich dich wieder ausgiebig mit Hand und Mund, du bist danach wieder so wunderbar entspannt. Dann liegen wir wieder nebeneinander und reden weiter.

Ich erzähle dir, welchen Anklang dein Füller bei meiner Kollegin und bei meiner Freundin gefunden hat. Ich hatte bei beiden den Eindruck, dass sie ahnen, er sei mir von einer Frau geschenkt worden.

Du strahlst heute so viel Ruhe, Zuneigung und liebevolle Freude aus.

Dann erzähle ich dir von der „Doppelgängerin" in der Firma, die dir aber nur im Profil so ähnlich sah, mir im Gesicht aber gar nicht gefallen hat. Du meinst wieder, du hättest kein schönes Profil und ich widerspreche heftig und spreche dann vom goldenen Schnitt, mit dem man Schönheit nachmessen könnte.

Ich habe mir so Sorgen um meinen Sohn gemacht, weil ich ihn nicht erreichen konnte. Aber dann hat er sich auf meine SMS endlich gemeldet. Ich sei sehr erleichtert gewesen.

Ich erzähle dir, wie meine Frau beim Essen bezogen auf die Fernsehsendung „Dschungelcamp" gefragt hat, ob ich wüsste wer Michaela Schaffrath sei. Ich hätte schon gezuckt aber dann behauptet „keine Ahnung". Wir lachen miteinander. Ich gestehe, dass ich Gina Wild immer sehr hübsch fand und auch ihre Filme gern angesehen habe. Du findest sie nicht so schön, neckst mich dann ein klein wenig mit „ja klar", weil ich für ihren Busen schwärme und wir lachen beide.

Ich spreche noch mal den Zeitungsartikel über die künftigen Konkurrenzclubs an.

„da würdest du dann gern mal hingehen, du wärest schon neugierig, oder"

„ja, schon, aber ich werde nicht hingehen"

Ich spüre ganz klar, dass du offenbar erleichtert bist, dich doch ein wenig Angst um meine künftige Ausrichtung umtreibt. Ich bin über diese Empfindung unglaublich glücklich.

„Wir können ja zusammen hingehen"

Du lachst, weil es ja beim Laufhaus unmöglich wäre.

„nehmen Paare wirklich mal das Angebot hier im Club an"

„Schon, aber die wollen dann immer einen Dreier, ansonsten gehen die nicht aufs Zimmer"

Heute ist viel los, es klingelt oft.

„mir ist egal, wenn viel los ist wenn ich da bin, nur nicht wenn ich nicht da bin"

Wir lachen, du gibst mir einen leichten Schubs.

Dann erzählst du vom neuen Auto deiner Freundin. Du hast ihrem Freund den alten Wagen abgekauft in der Annahme, ihn teurer wieder verkaufen zu können. Nun hast du Bedenken, einen Fehler gemacht zu haben. Ich kann das leider nicht wirklich entkräften. Du überlegst für den Verkauf von dem und deinem alten Wagen dann die A-Klasse kaufen zu können. Es treibt dich um, ob du dort einen der Wagen und welchen in Zahlung gibst und wie du den anderen verkaufst.

Dann stellst du erschrocken fest, dass die Zeit heute so schnell um ist, wir haben nur noch eine halbe Stunde. Ich bemerke dazu, dass es hier im Gegensatz zu drüben für mich sehr kostspielig ist, länger zu bleiben und dass es heute wegen einer Vereins-Versammlung sowieso nicht geht.

Dann verwöhnst du mich mit den Händen wahnsinnig schön, geil, geduldig und strahlst dabei auch eine teilnehmende Freude aus. Schließlich muss ich doch nachhelfen und du lässt es zu. Ich komme dann sehr eindrucksvoll.

Heute war es ein sehr vertrautes Miteinander, unser Zusammensein schien ganz selbstverständlich für uns beide.

Deine Augen wirken am Schluss traurig. Du lenkst von meiner entsprechenden Frage ab mit den Autoproblemen, die dich umtreiben. Ich glaube aber zu erkennen, dass du wirklich traurig bist, dass unsere Zeit für heute schon um ist.

Ich spüre heute ganz deutlich, dass deine Zuneigung und Gefühle für mich gewachsen sind. Ich bin unglaublich ruhig und glücklich, auch weil wir uns schon morgen wiedersehen.
Ich gebe dir die Zeitungsausschnitte und die Katie-Melua-Lyrix.
„soviel zu lesen, das schaffe ich ja gar nicht"
Dann verabschieden wir uns mit einer innigen Umarmung.
„dann bis Morgen, zur gleichen Zeit am gleichen Ort, komm gut heim"
Nach der Vereins-Versammlung habe ich den dringenden Bedarf, dir eine SMS zu schicken: „Liebe Pat, ich habe mich so unglaublich wohl bei dir gefühlt. Ich bin ruhig, zufrieden und sehr müde. Ich freue mich ganz arg auf morgen. Dir eine gute Nacht. Küsschen, Fred".
Beim Einschlafen fließen wieder mal die Tränen. Heute Nacht bin ich sehr oft wach und schaue auch immer wieder aufs Handy, aber es kommt nichts von dir. Mehrmals versuche ich gar nicht, gleich wieder einzuschlafen, sondern träume von dir, von uns.

Der Tag der Woche ist da. Ich bin ruhig, zufrieden und glücklich. Natürlich kribbelt die Aufregung, zu dir zu fahren, gleichzeitig auch die Vorfreude auf einen hoffentlich ebenso schönen oder noch schöneren, weil auch längeren Nachmittag als gestern. Endlich nur noch eine Stunde bis zum Losfahren.

Und dann wird es auch das schönste aller Treffen abgesehen von der Übernachtung im Dezember.

Ich komme pünktlich um 15 Uhr zur Theke, du wartest auf den Polstern, ich bin überglücklich, dass du gleich Zeit für mich hast und sage es dir auch. Du hast schon einen Kaffee und holst mir auch einen.

Ich frage, wie der Abend noch war. Du hattest Stress, weil du abreisen wolltest. Deine Freundin hatte Probleme mit ihrem Sohn und du wolltest ihr beistehen.

„sie hat ja sonst niemanden und ist auch immer für mich da"

Aber man hat dich nicht gehen lassen,

„angemeldet ist angemeldet",

aber es war gar nichts mehr los. Du bist sehr verärgert.

„hier ist man nur eine Nummer, es zählt auch nicht, dass ich sonst immer zuverlässig bin"

Dann kommt ein Anruf vom Empfang, ein anderer Stammgast hat am Telefon nach dir gefragt. Du lehnst ab „das geht jetzt nicht" und meinst dann, das sei furchtbar, das sei dir sehr unangenehm. Ich bedaure dich.

„wenn ich der Gewinner bin, kann ich damit umgehen"

Ich erzähle, dass ich derzeit sehr ruhig bin außer der normalen Aufregung, dass wir uns treffen. Heute hätte ich aber etwas Bammel gehabt, wie du auf manche meiner Äußerungen über unsere Beziehung reagierst. Du bist erstaunt und meinst, ich müsse mir keine Sorgen machen, Ehrlichkeit und Wahrheit sind das beste und wichtigste. Du würdest mich deshalb niemals verurteilen. Diese offene Zusicherung tut mir sehr gut.

Dann gehen wir mit Wasser aufs Zimmer. Das Umarmen und die Küsschen kommen mir heute deinerseits noch zutraulicher und liebevoller vor als sonst. Wir freuen uns beide über die längere Zeit miteinander heute, das ist nicht so ein Stress wie gestern.

Wir führen sehr liebevolle Gespräche, liebevoll auch von deiner Seite, wir necken und lachen. Ich versuche, meine ganze Liebe einfließen zu lassen.

Ich erzähle dir, dass sich seit unserem Telefonat mit mir etwas verändert hat. Ich bin so ruhig und zufrieden wie noch nie seit wir uns kennen.

Ich frage dich nach deinen Autoplänen und dass ich meinen Sohn ansprechen werde, ob er an einem der Wagen interessiert wäre. Du bist nicht abgeneigt, möchtest aber möglichst alles bis zum Wochenende klären, um die A-Klasse an der Tankstelle zu kaufen. Du hast überlegt, was du für die alten Autos bekommen könntest, dazu meinen Zuschuss, dann müsstest du noch 1000 aufbringen. Ich freue mich, wie offen und ehrlich du mit meinem Angebot umgehst und darauf zurückkommst. Du sollst dich auf jeden Fall melden, wenn du zusätzlich zur Überbrückung noch Geld brauchst.

Dann sprechen wir über deinen Rücken, du hast immer noch Schmerzen und willst zum Chiropraktiker gehen. Eine Kollegin hat gestern auch sofort gesagt „Wirbel ausgerenkt". Ich zeige dir die Übung mit den verschränkten Händen hinterm Kopf und dem Zurückdrücken der Ellenbogen.

Ich streichle und verwöhne dich wie immer mit Händen und Mund. Als ich kurz auf dir liege, Bauch an Bauch, schaust du so liebevoll, aber meine Blicke machen dich wieder verlegen.

Später „streiten" wir lachend über die Schönheit deiner Nase. Ich finde sie wirklich schön, insbesondere auch in diesem wunderschönen Gesicht mit den großen, grünen Augen.

Ich erzähle dir, dass ich letzte Nacht oft wach war, aber dann ganz bewusst von dir geträumt habe, bevor ich wieder eingeschlafen bin.

Wir sprechen über die langen Wartezeiten zwischen zwei Treffen und ich habe den Eindruck, dass du mich mehr denn je verstehst. Anscheinend würdest du mich auch gern häufiger sehen.

Ich spreche wieder davon, dass wir uns mal vormittags treffen und du stimmst zu.

„wir müssen uns ja nicht immer nur im Bett treffen, auch wenn das natürlich sehr schön ist"

Der Gedanke scheint dir wirklich auch zu gefallen. Ich bin sicher, wir werden es demnächst tun. Dann bricht noch einmal der Ärger über das "Haus-nebenan" aus dir raus. Du würdest dort am liebsten aufhören. Noch bevor ich wirklich dazu komme, mich darüber zu erschrecken, fährst du fort „dann treffe ich mich lieber mit dir außerhalb, hier irgendwo". Ich glaube mei-

nen Ohren nicht zu trauen, ich schwebe im siebten Himmel, du willst dich wirklich nur noch mit mir treffen? Etwas ängstlich frage ich, ob dir das einkommensmäßig dann ausreicht.
„dann bekomme ich ja das ganze Geld und muss nichts abgeben, und für dich ist es dann dasselbe"
Ich bin glücklich, selig, wie sich unsere Beziehung, dein Vertrauen, deine Zuneigung entwickelt. Es ist überhaupt keine Frage mehr, es hat eine wunderschöne Zeit zwischen uns begonnen. Und eine Übernachtung werden wir dann auch mal wieder machen.
Wahrscheinlich auch wegen der mit deiner Überlegung verbundenen Kosten für mich fragst du nach dem Erfolg der Geschäftsidee mit meiner Freundin. Ich rede dann noch von den anderen Ideen. Dann streichelst und verwöhnst du mich. Es ist wieder ganz wunderbar und du bringst mich auch wieder sehr weit, aber zum Schluss muss ich doch nachhelfen, erfolgreich, obwohl erst ein Tag vergangen ist.
Wir reden wieder über die Konkurrenzclubs.
„du müsstest dich als Mann verkleiden, dann könnten wir es uns zusammen ansehen, aber das wird wegen deiner Permanent-Schminke schwierig sein, höchstens als Schwuler, der dort nicht hingehört"
Nach einigem Nachdenken fragst du, ob es eigentlich auch solche Einrichtungen für Schwule gibt und wir diskutieren darüber. Ich bin mir sicher, es gibt da Möglichkeiten und ich frage,

ob es das für Frauen gibt. Da meinst du, das sei sicher eine Marktlücke, wir sind beide der Meinung, dass es da nur die Callboys gibt. Dann meinst du plötzlich, dass du dir das als Geschäftsidee für dich vorstellen könntest, einen Club einzurichten, in dem sich Männer für Frauen anbieten. Mir wird dabei klar, dass ich auch immer mal wieder solche Ideen hatte, einen Club, ob für Paare, Männer oder Frauen zu betreiben. Wird das möglicherweise irgendwann mal unsere gemeinsam umgesetzte Geschäftsidee? Im Moment sage ich nichts weiter dazu.

Heute möchtest du keine Tanzschritte üben, sondern lieber noch mal gestreichelt werden. Das tue ich sehr gern. Du fühlst dich so wundervoll an und bist dann so entspannt.

Wir sprechen noch mal über meine manchmal dunklen Gedanken über unsere Beziehung. Du beruhigst mich wieder und meinst, niemand verstünde mich besser als du, weil du dasselbe mit deiner Freundin durchmachst, was ich mit dir erlebe. Wir sehen es also beide genau gleich.

Ich sage, dass ich eifersüchtig auf deine Freundin bin, und du wunderst dich ein wenig.

"wahrscheinlich bin ich eher neidisch"

Dann frage ich dich, wie du mit meiner Freundschaft zu meiner Freundin umgehen könntest, wenn du meine Partnerin wärest. Du sagst sehr ehrlich, dass das eher schwierig wäre. Aber vielleicht könntest du es ertragen. Ich versuche zu vergleichen, dass es wie deine Freundschaft zu deiner Freundin sei. Dabei vergesse ich, dass du in deine Freundin verliebt bist, das also mehr als eine Freundschaft ist. Ich würde das aber akzeptieren. Wärest du meine Partnerin, wäre ich der glücklichste Mensch der Welt, ich könnte dich mit ihr teilen, wenn du es wolltest.

Dann sage ich dir, dass ich das Gefühl habe, dass deine Zuneigung gewachsen ist. Du schaust mich so liebevoll, zustimmend an. Es ist also wahr, ich bilde es mir nicht ein.

Dann ist die Zeit auch heute rasend schnell vorbei.

Wir gehen zum Essen. Es gibt Grünkohl, du isst ihn zunächst nicht, angeblich um keine Blähungen zu bekommen. Ich schwärme und sage, dass es von Grünkohl keine Blähungen gäbe, dann isst du ihn auch.

Wir reden noch mal von der scheinbar immer schneller verlaufenden Zeit bei unseren Treffen und wie es denn möglich war, damals nur eine halbe Stunde zusammen zu sein. Ich erinnere mich fassungslos daran, dass ich nach unserem ersten Mal sechs Wochen gewartet habe bis ich wieder zu dir kam.

Ich bitte dich, dich nach der Heimfahrt zu melden und auch mal in den nächsten Tagen. Ich ergänze, dass ich zwei Tage auf Klausur in einem Funkloch und dann vielleicht nicht erreichbar sein werde.

Ich werde versuchen dich auf der Rückfahrt von dort am Abend anzurufen.

Du bringst mich zur Treppe, dankst für meinen Besuch.

„melde dich"

Ich habe das Gefühl, dass du direkt zum nächsten Stammgast gehst, wahrscheinlich der vom Anruf heute Mittag, Peter?

Am Empfang kaufe ich den Art-Kalender. Die Betreuerin ist nicht sicher, ob es der Kalender für das neue Jahr ist, und ruft bei der Chefin an mit den Worten „hier steht der nette Gast von Pat..." und sagt nach der offensichtlichen Rückfrage der Chefin „Peter?". Ich korrigiere es, aber es sticht.

Dann fahre ich sehr ruhig und glücklich heim. Trotz der Verwechslung am Empfang mit einem anderen Stammgast von dir und der bevorstehenden Wartezeit fließen heute keine Tränen. Ich bin mir weiter deiner besonderen Zuneigung so sicher. Aber die Situation am Empfang lässt plötzlich die Frage aufkommen, ob du dich extern nicht nur mit mir, sondern auch mit Peter triffst. Auf Grund deiner finanziellen Situation erscheint mir das plötzlich ganz klar. Ich könnte es dir deshalb natürlich überhaupt nicht übel nehmen und vielleicht magst du Peter auch gern. Es sticht ganz innen, denn ich möchte dich doch ganz für mich haben, egoistisch wie ein Liebender eben ist.

Ich habe daheim keine Ruhe zum Fernsehen oder Lesen, ich muss unbedingt an meinen Notizen schreiben.

Kurz nach Mitternacht wache ich auf und greife gleich zum Handy. Aber es ist noch keine SMS von dir da. Eigentlich ist es ja auch noch zu früh. Ich überlege, ob du vielleicht gerade auf der Autobahn vorbeifährst und an mich denkst. Als ich 2:30

noch mal aufwache, ist deine SMS da: „So bin da. Bin früh losgefahren. Schlafe schön. Danke für alles gute Nacht Fred". Die SMS ist von 0:14, es war also vorhin doch Gedankenübertragung! Ich schlafe dann wirklich tief und fest bis zum Wecker.

Am nächsten Morgen schicke ich dir vom Büro vor meiner Abfahrt zur Klausur eine SMS: „Guten Morgen liebe Pat, es ist so unwirklich, dass die zwei Tage schon wieder vorbei sind und so eine lange Wartezeit bevorsteht. Ich umarme dich und halte dich ganz fest. Ganz, ganz liebe Grüße, Fred". Heute bin ich weiterhin sehr ruhig, zufrieden und einfach glücklich. Ein bisschen nervös aus Ungeduld bin ich wie an jedem Tag danach. Nur ganz schwach meldet sich der kleine Schatten, dass du diese Treffen auch dem Stammgast Peter anbieten wirst. Aber vielleicht ja doch nur mir.

Auf der Fahrt zur Klausur höre ich die neue Katie-Melua-CD, einige Stücke gefallen mir doch wirklich gut.

Einige Teile des Hotels liegen im Funkschatten, auch der Konferenzraum. Irgendwie habe ich das Gefühl, du meldest dich, und werde ganz unruhig. In der Kaffeepause gehe ich ums Haus, das Netz meldet sich zurück, es ist 15:16, in dem Moment macht es ping und deine SMS von 15:06 ist da, doch wieder Gedankenübertragung? „Schicke dir mal eben einen lieben Gruß und drücke dich ganz doll. :-*". Ich bin so unendlich glücklich, der Tag ist gerettet. Es gibt mir so viel, wenn ich

weiß, dass du an mich denkst und dazu auch noch so lieb. Vorm Abendessen antworte ich: „Danke für deinen lieben Gruß. Von mir an dich ein zärtlicher dicker Kuss. Schlafe gut. LG Fred".
Ich telefoniere mit meinem Sohn wegen dem alten Auto. Dabei geht mir schon durch den Kopf, dass Ihr Euch durch den Autoverkauf dann zwangsläufig kennenlernen würdet, mein Sohn und du, meine „Kollegin" aus K. Würdest du Bedenken haben und deshalb das Auto nicht an meinen Sohn verkaufen wollen? Würde es dich später zusätzlich daran hindern, meine Partnerin zu werden? Das wäre sehr schlecht. Aber für mich steht im Moment im Vordergrund, dass ich Euch beiden helfen würde.

Am nächsten Tag sind meine Gedanken beim Aufwachen natürlich sofort bei dir und beim Stundenzählen, es ist noch so entsetzlich lang bis zum nächsten Treffen. Ich freue mich darauf, dich heute Abend auf der Heimfahrt anzurufen und hoffe natürlich, dass es klappt.
In den Pausen prüfe ich immer wieder die hier schlechte Netzverbindung und mache kleine Spaziergänge, um für dich erreichbar zu sein. Mittags kommt dann tatsächlich eine SMS von dir, als ob ich es mal wieder geahnt hätte: „Hallo Fred finanziere doch ein Auto. Meiner ist nur noch Schrott Händler gibt mir <u>800</u> dafür. Anzahlung ist <u>4000.</u> Montag fällig. Bitte leih mir was. Darf ich dein Angebot in Anspruch nehmen? (Trinkgeld) wünsche dir einen schönen Aufenthalt. lg Pat". Ich antworte so-

fort: „Hallo Pat, klar darfst du mein Angebot in Anspruch nehmen, ich rufe dich heute noch an. Netz ist hier schlecht. LG Fred".

Ich mache sofort und in der Pause Anrufversuche, du gehst aber nicht ran. Mir geht so viel durch den Kopf, z.B. wann und wie ich das Geld bereitstellen und dir zukommen lassen kann. Würdest du Überweisen akzeptieren?

Wird es dann Montag bei dir sein, oder kann und soll ich zu dir fahren?

Kann ich das alles morgen erledigen?

Ich möchte dir so gern helfen.

Ich glaube an deine ehrliche Zuneigung und mindestens eine Freundschaft zwischen uns. Und deshalb bekommst du das Geld ohne wenn und aber.

Auf der Heimfahrt mache ich immer wieder Anrufversuche, leider gehst du nicht ran. Schließlich fahre ich auf einen Parkplatz und schicke dir eine SMS: „Rufst du mich bitte möglichst heute noch an. Lg Fred". Ich warte ein bisschen und lese, und tatsächlich rufst du kurz darauf an. Im Hintergrund höre ich laut und fordernd deine Tochter. Du hattest wieder so viel vor heute. Ich erwidere, dass es wohl immer donnerstags so sei, weil ich dann immer Schwierigkeiten habe, dich zu erreichen. Du meinst, dass du das mal beobachten musst. Mir war es wichtig, dich anzurufen, weil ja doch wohl einiges zu besprechen sei. Du bekommst Montag einen schwarzen Mercedes-A Jahreswagen

mit allem, was dein Herz begehrt und gibst deine alten Wagen in Zahlung. Den anderen Wagen schaut sich morgen jemand an. Ich sage, dass ich meinen Sohn auch darauf aufmerksam gemacht habe und stelle noch ein paar Fragen zum Fahrzeug. Zur Finanzierung hast du einen Bürgen gebraucht. Ich frage nicht, wer es ist, deine Freundin kann es ja wohl nicht sein. Wahrscheinlich deine Schwester. Du bedankst dich noch mal für mein Angebot und ich frage, wie wir das abwickeln können, wenn du das Geld Montag brauchst.
Deine Freundin hat es dir vorgestreckt
„es ist doch schön, wenn man eine so gute Freundin hat".
Es kommt also nicht auf einen Tag an. Das wurmt mich schon wieder ein bisschen, ich hätte gern die Rolle deiner Freundin übernommen. Da du nicht gern mit so viel Geld unterwegs bist, falls etwas passiert, fragst du ganz vorsichtig, ob Überweisen möglich wäre. Ich stimme sofort zu, das ist mir auch lieber als Bargeld. Du bist ganz begeistert und wirst mir die Bankverbindung per SMS schicken. Ich frage, ob wir uns über den Betrag einig sind.
Du bist ganz begeistert über das Auto und meinst auf meine Frage, wie und wann ich es zu sehen bekomme „es ist das schönste Auto auf dem Parkplatz". Ich freue mich mit dir und als du dich noch mal bedankst, sage ich, dass ich es gern gebe, ich mich schon mindestens ein bisschen auch als guten Freund fühle.

„das bist du doch auch".

Das kommt ehrlich und ohne Zögern und macht mich unglaublich glücklich. Ich bitte dich, mich auf dem Laufenden zu halten und dich auch sonst einfach mal zu melden. Ich frage nach deinem Rücken. Das sei schon viel besser, da habe dir auch meine Übung mit den verschränkten Händen hinterm Kopf geholfen. Dann beenden wir dieses wunderbare Gespräch.

Ich bin allerdings schon etwas enttäuscht, dass ich für die Finanzierung nicht dringend notwendig bin, dir das Geld fast aufdränge. Wieder kommen meine Zweifel wegen deiner Freundin, ist das jetzt nach der emotionalen die finanzielle Abhängigkeit? Quatsch, die Anzahlung ist nur von ihrer Freundin geliehen, mein Geld also schon notwendig. Der Bürge stellt eher eine Abhängigkeit dar, aber das kann ja nicht deine Freundin sein, oder? Ich werde wohl doch ganz vorsichtig fragen, damit ich mir nicht länger Sorgen machen muss.

Ich denke daran, dass ich einer unbedeutenden Bekannten einmal eine höhere Summe „geliehen" habe, von der ich wohl nie wieder etwas sehen werde. Warum soll ich dann dir nicht etwas im Voraus geben, was ich dir sowieso im Laufe der Zeit gegeben hätte. Da habe ich doch ein sehr gutes Gefühl und es ist sowieso unbezahlbar, was du mir bisher schon gegeben hast und hoffentlich noch lange weiter geben wirst:

Vertrauen, Zuneigung, Zärtlichkeit, Gefühle, Ehrlichkeit.

Es ist schon eigenartig, dass wir uns in einem Sex-Club kennengelernt haben und der Club für mich nur noch von nachrangiger Bedeutung ist. Das Gegenseitige Verwöhnen ist zwar wunderschön, es gehört einfach auch zu so einer vertrauensvollen Beziehung. Aber es ist nicht das eigentliche und einzige Ziel, wenn ich dich treffe.

Du, der Mensch Pat, mit allem was du darstellst und für mein Leben bedeutest, bist das Ziel meiner Sehnsüchte. Ich wünsche mir in erster Linie, dass es dir gut geht, dann geht es auch mir gut, und dass wir ehrlich und vertrauensvoll alles Geistige, Seelische und Körperliche miteinander teilen und uns beistehen.

Abends bin ich sehr müde und gehe um 22 Uhr schlafen. Alle Zweifel und Ungeduld über die Zukunft, alle dunklen Gedanken verdränge ich mit einer wunderbaren Selbstbefriedigung. Ich genieße sie einfach und mache mir keine Gedanken darüber, ob ich für dich enthaltsamer sein sollte. Vielleicht ist mehr sexuelle Aktivität eher hilfreicher als Enthaltsamkeit, um auch bei dir zu einem erfolgreichen Abschluss zu kommen.

Ich schlafe sehr gut in dieser Nacht.

Am nächsten Tag nach dem Treffen mit meiner Freundin warte ich auf eine SMS von dir wegen der Kontoverbindung. Ich stelle unangenehm überrascht fest, dass die Zeit seit unserem letzten Treffen trotz der vielen Vorhaben und Ereignisse sehr langsam gelaufen ist. Noch einen weiteren Tag bis zur Halbzeit, entsetzlich. Erst mittags kommt deine SMS: „Hallo Fred bin dir sehr dankbar. Sende dir meine Konto Nr. ....Liebe Grüße Pat". Nach einer halben Stunde führe ich die Überweisung aus und antworte dir: „Hallo Pat, das Geld ist angewiesen. Ich freue mich mit dir und für dich. Ich wünsche dir noch einen schönen Tag. Ganz liebe Grüße, Fred".

Das war jetzt ein sehr sachlicher, technischer Kontakt, aber für mein Gefühl von beiden Seiten doch sehr lieb. Spürst du mein Vertrauen und meine Zuneigung? Jeder Kontakt zwischen uns ist für mich ein glücklicher Höhepunkt im Tagesverlauf. Ich bin in diesen Momenten besonders ruhig, zufrieden und glücklich. Das Gefühl „alles wird wunderbar" ist dann besonders intensiv. Am Arbeitsplatz arbeite ich wenig und träume dafür viel von dir und von uns. Und ich hoffe so sehr, dass du dich übers Wochenende mal meldest. Leider werde ich kaum Gelegenheit finden, dich anzurufen, aber ich werde dir eine SMS schicken, spätestens morgen Mittag.

Auf der Heimfahrt besorge ich eine Schokolade in Form eines Oldtimers, sozusagen als Glückwunsch für dein neues Auto. Abends nach dem Tanzkurs gehe ich kurz nach Mitternacht ins Bett. Trotz Müdigkeit und Bier und obwohl es erst ein Tag her ist, bin ich so erregt, dass ich mich schnell, stark und sehr heftig erfolgreich selbst befriedige.

Als ich am nächsten Morgen wach liege, hat die zweite Halbzeit endlich begonnen. Mir geht wieder alles durch den Kopf. Ich bin entschlossen, unser Zusammensein vorläufig nicht zu reduzieren, ich will einfach nicht. Wenn mein Leben plötzlich zu Ende ist oder du dich abwendest, wozu habe ich dann verzichtet. Nein, ich will es mit vollen Zügen genießen, mit dir zusammen zu sein, solange es geht. Wenn ich dann finanziell am Ende bin, muss ich die Reißleine ziehen, aber vorher nicht. Vielleicht ergibt sich ja doch ein Geldsegen oder unsere Beziehung entwickelt sich und du würdest mich aus Liebe treffen. Es ist schon absurd. Denken das nicht alle, die ihr ganzes Geld in vermeintlicher Liebe für eine Frau ausgeben? Aber mit der Liebe ist es wie mit dem Rauchen, ganz oder gar nicht. Ein bisschen Pat, das kann ich nicht, es gibt diesen dritten Weg nicht. Letzte Woche schienen uns beiden die zwei Stunden so kurz. Wie konnte ich annehmen, demnächst die drei auf zwei und die zwei auf eine Stunde zu reduzieren. Es geht nicht, es ist einfach unmöglich. Eigentlich würde ich lieber noch verlängern.

Auf der Fahrt zu und von meiner Freundin gehe ich nur meinen Träumen über dich und uns nach.

Heute bin ich sehr unruhig, ungeduldige Vorfreude mischt sich mit Angst vor der unbekannten Zukunft unserer Beziehung. Mir ist vormittags körperlich gar nicht gut, seelisch wohl auch nicht. Mein Herz ist traurig und ich spüre jeden Schlag. Ich hoffe ganz sehnsüchtig auf ein Zeichen von dir, eine SMS oder sogar einen kurzen Anruf. Denkst du überhaupt an mich?

Gegen Mittag bin ich wieder richtig spitz. Am liebsten würde ich mich irgendwo verkriechen und masturbieren. Ich bin sicher es würde, schon wieder, funktionieren. Warum bin ich diese Woche so geil? Aber so war ich doch eigentlich immer. Diese Woche habe ich auch wieder sehr viel die englischen Porno-Kurzgeschichten gelesen. Aber war das Ursache oder Wirkung? Die Enthaltsamkeit für dich hatte zuletzt keine positive Wirkung bei der Verwöhnung durch dich gehabt. Gebe ich das deshalb wieder auf? Habe ich unbewusst die Hoffnung, dass der umgekehrte Weg doch der richtige ist, auch bei dir erfolgreich zu kommen, wenn ich sehr aktiv zwischendurch bin?

Ist es gar der Beginn einer Enttäuschung über unsere Beziehung? Ich bin entschlossen, mich bis zum Treffen nicht mehr zu befriedigen und mich jetzt nur noch auf unser Treffen zu freuen. Ich habe diese Tage so viel vor, es wird sicher jetzt schnell laufen.

Dann schreibe ich dir eine SMS, ich brauche einfach den Kontakt, das Lebenszeichen, auch wenn es nur in eine Richtung geht: „Hallo Pat, ich schicke dir einen ganz lieben Gruß zum Wochenende, verbringe es angenehm. Ich umarme dich ganz fest, Fred".

Als ich einige Zeit später vom Keller hochkomme, höre ich das SMS-Signal, deine ganz liebe Antwort ist da: „Hallo Fred ich drücke dich ganz fest und schicke dir nen dicken Kuss. Viel Spaß bei allem was du tust. Lg Pat". Alles in mir jubelt, ich zerspringe vor Glück, du hast so lieb geantwortet, die Welt ist so was von in Ordnung. Ich liebe dich, ich liebe dich, ich liebe dich.

Ich bin so unendlich glücklich, dabei so unruhig vor Sehnsucht, ich könnte seufzen, jubeln, heulen, springen. Dann schaue ich auf die Uhr, in 70 Stunden fahre ich los zu dir.

Auf der Fahrt zur und von der Tanzparty habe ich tränenfeuchte Augen, es ist aber keine Traurigkeit, sondern tiefe Sehnsucht und die Unsicherheit über die weitere Entwicklung unserer Beziehung. Aber ich bin nicht allein, kann also nicht hemmungslos heulen. Aber immer, auch während der Party sind meine Gedanken nur bei dir.

In dieser Nacht schlafe ich durch, tief und fest wie schon lange nicht mehr.

Als ich am nächsten Tag aufstehe, sind es nur noch 55 Stunden, das ist so wundervoll.

Ab Mittag werde ich wieder richtig unruhig, das sehnsüchtige Kribbeln ist wieder da. Nach dem Tanztee sind es nur noch 44 Stunden.

Im Bett will ich dann nur ein bisschen mit mir spielen, um das Stehvermögen zu testen und mich damit für dich vorzubereiten. Aber dann bin ich doch so spitz, dass ich es bis zum wundervollen Höhepunkt treibe und liebevoll dabei leise deinen Namen rufe. Ich schlafe diese Nacht tief und fest durch.

Beim Aufwachen bist du mein erster Gedanke in freudiger Aufregung mit der dann sofort dämpfenden Erkenntnis, dass ich noch einen Tag auf dich warten muss, genau noch 33 Stunden.
Ich bin wie immer am Tag davor unruhig, freudig aufgeregt und kann nur an dich denken. Vom Büro schicke ich dir sofort eine SMS: „Guten Morgen liebe Pat, ich wünsche dir eine erfolgreiche Auto Übernahme und allzeit gute Fahrt. Kuss und ganz lieben Gruß, Fred". Es ist ein großer Tag für dich, heute wirst du kaum Zeit und Muße haben, an mich zu denken. Ich denke dafür umso mehr an dich. Ich bin so glücklich, dass ich zu deiner Freude über ein neues Auto auch ein wenig beitragen konnte. Ich entwerfe ein Glückwunschschreiben mit dem Bild eines schwarzen A-Mercedes.
Nach einer Stunde kommt deine Antwort: „Vielen Dank Fred die Freude ist etwas getrübt da es bei meiner Tochter wieder akut ist. Wünsche dir einen schönen Tag. Lg Pat".
Du tust mir unendlich leid und ich wünsche dir von ganzem Herzen, dass es mit deiner Tochter doch bald besser und ruhiger wird. Wenn ich dir doch nur helfen könnte.
Natürlich bin ich sehr glücklich, dass du dich trotz deiner großen Belastung so schnell bei mir gemeldet hast.

In meiner unruhigen Sehnsucht geht mir wieder alles durch den Kopf, unsere Beziehung und wie sie sich entwickeln kann und was das alles eigentlich für mich bedeutet. Ganz ohne den finanziellen Aspekt muss ich gerade darüber nachdenken, wie absurd es eigentlich ist. Im Club kann ich jede der vielen hübschen und bereitwilligen Frauen haben, auch dich, außen kann ich keine Frau haben, auch dich nicht. Es ist wohl leider immer noch so. Ich will aber nur noch dich, die anderen Angebote im Club sind mir völlig egal, ich gehe nur noch deinetwegen hin. Aber ich möchte dich auch draußen und zwar ganz für mich, als enge Freundin, liebevolle Geliebte und am liebsten als Lebenspartnerin. Wenn das alles Hirngespinste sind, werde ich dann eines Tages wieder für die leichte Befriedigung die Clubs besuchen, aber nach wie vor keine feste Partnerin finden? Und wenn ich doch irgendwann einer Frau begegnen sollte, die mir gefällt und der ich gefalle, die sich vorstellen könnte, meine Partnerin zu werden? Könnte ich nach dir überhaupt wieder eine andere Beziehung eingehen, könnte ich je wieder einer Frau so viel Vertrauen entgegenbringen, dass eine liebevolle Beziehung entstehen kann und Bestand hat? Im Moment glaube ich nicht, das es möglich sein wird. Ich möchte nur dich, ich liebe dich, ich liebe dich, ich liebe dich. Warum muss immer alles so schwer sein oder mache ich mir immer alles nur selbst so schwer?
Nachmittags fahre ich mit meiner Frau zum Geburtstag meiner Enkelin und stelle dabei fest, dass es noch 22 Stunden sind.

Komischer Zufall, dass ich in den letzten Tagen immer im 11-Stunden Rhythmus daran denke. Im Stillen hoffe ich noch auf ein Zeichen von dir wegen des neuen Autos. Auf der Heimfahrt sehe ich dann deine SMS: „Ich bin so Happy! Habe das erste Mal so was Wertvolles. Kann es gar nicht glauben, Auto fährt super schön. Drücke dich". Kaum daheim schicke ich dir sofort die vorbereitete Mail zum Auto und eine SMS: „War auf Geburtstag, habe dir jetzt gerade Mail geschickt, bis morgen, lg Fred".

Am nächsten Tag ist endlich wieder unser Tag, ich bin so aufgeregt, mir zittern die Hände wie immer an diesem Tag. Kaum im Büro schicke ich dir eine SMS: „Guten Morgen Pat, heute wünsche ich dir natürlich ganz besonders eine gute Fahrt. Bis nachher, gleiche Zeit, gleicher Ort, ich freue mich riesig, ganz liebe Grüße, Fred".
Das Arbeiten fällt mir heute wieder sehr schwer. Ich schreibe an meinen Notizen, um dir gedanklich und seelisch ganz nah zu sein. Außerdem mache ich die notwendigen Vorarbeiten für die Geschäftsidee mit meiner Freundin. In der restlichen Zeit mache ich an den Lyrix weiter und endlich auch wieder an einem Seminarvortrag.
Die Zeit vergeht so langsam.
Endlich kann ich losfahren, ich sehe bei der Ankunft sofort dein Auto stehen, mit einer von deinen Daten abgeleiteten Auto-

nummer, ich schaue es im Vorbeigehen an. Du stehst am Empfang und begrüßt mich sofort liebevoll, ich muss dann noch zum Umziehen.

Als ich nach oben komme, sitzt du schon mit unseren zwei Kaffeetassen dort, so ein „Service". Du strahlst. Wir streicheln uns beide zärtlich an den Armen und du berichtest von der Ausstattung deines Autos und welch ein Vergnügen es ist, damit zu fahren. Du freust dich schon auf die Heimfahrt. Du bist richtig glücklich und das freut mich auch sehr. Du bist ein wenig enttäuscht, dass ich nicht hineingesehen habe, sondern nur vorbeigelaufen bin. Das Auto hat kein Navi, die Anschaffung war also nicht umsonst. Leider hat es auch keine Winterreifen.

„der Winter ist doch vorbei"

Das glaube ich nicht. Ich frage nach dem Bürgen, das ist dein ehemaliger Chef. Du hast offensichtlich schon etliche Beziehungen zu Männern, die dir gern helfen, was ich verstehen kann, aber mit ein bisschen Eifersucht zur Kenntnis nehme. Ich hoffe nur immer, dass dich eine solche finanzielle Abhängigkeit nicht doch einmal in Bedrängnis bringt. Deine Kinder freuen sich auch über das Auto.

„sie sind sicher stolz auf ihre Mutter"

„ich habe meiner Tochter gleich gesagt, dass ich eben dafür arbeiten muss, wenn sie das nicht akzeptiert, dann gibt es so was eben nicht"

Deine Tochter ist diese Woche wieder recht pampig zu dir und weint viel. Das tut mir so unendlich leid für dich.

Ich erzähle, dass ich letztes Mal den Art-Kalender gekauft habe, auch wenn ich ihn nicht aufhängen kann. Du lächelst, es scheint dir zu gefallen.

Wir gehen mit einer Flasche Wasser aufs Zimmer. Wir begrüßen uns noch mal mit inniger Umarmung. Ich gebe dir das Schokoladenauto. Die Anspielung auf dein neues Auto scheint dir wirklich zu gefallen.

Wir reden noch weiter über dein neues Auto. Du bestätigst, schweren Herzens, dass der Kühlschrank nun erst mal warten muss. Der andere Wagen ist verkauft.

„nun gibt es keine Extras mehr, nun muss ich eben sparen"

„das ist doch völlig klar und verabredet"

Du bedankst dich nochmal ganz ausdrücklich. Dann bestellst du mir einen lieben Gruß von deiner Freundin, die es ganz toll fände, dass du einen so netten Bekannten hast, oder hast du sogar Freund gesagt? Ich erwidere, dass du bitte auch deine Freundin von mir grüßt, ich finde es auch toll, dass sie immer für dich da ist.

Du fragst, wie es in der Arbeit war, ob ich wieder nichts getan habe. Ich bestätige es. Aber so als alter Wissensträger fällt das nicht auf. Ich gebe eben hin und wieder ein paar schlaue Antworten und Hinweise und habe wieder meine Ruhe. Außerdem kann ich auf Grund meiner Erfahrung Unnützes aussitzen, Dringendes aufs Wesentliche beschränken. Ich hoffe, dass mein Nichtstun nicht zu sehr auffällt.

Ich frage nach deinem Rücken. Es ist noch nicht völlig weg, aber besser. Eventuell gehst du doch mal zum Arzt. Ich empfehle dir, die Verschränk-Übungen weiter zu machen. Dann spreche ich das biologische Alter an und von meiner Teilnahme an einem entsprechenden Uni-Projekt und erwähne den Arm-hinter-Rücken-verschränk-Test. Ich zeige dir, dass ich das symmetrisch noch kann, obwohl das im Mittel mit Mitte 40 aufhört und dann zunächst nur noch Berühren der Fingerspitzen, über 50 auch das nicht mehr möglich ist. Du probierst es, kannst auf einer Seite nur mit Fingerspitzen berühren (Mitte 40), auf der anderen Seite gar nicht (über 50). Ich necke dich:

„ich bin biologisch 10 Jahre jünger, du 10 Jahre älter, dann passen wir doch gut zueinander".

Die Unsymmetrie könnte darauf hindeuten, dass bei dir doch Wirbel ausgerenkt sind. Ich empfehle dir, dieses Verschränken zu üben. Du magst aber keinen Sport, keine Übungen. Ich tröste dich, dass ich das in deinem Alter auch nicht mochte, dass mir damals Joggen albern und unvorstellbar vorkam, bis meine Freundin nicht locker gelassen und mich hingeführt hat.

Ich spreche an, dass du es sagen sollst, wenn du wieder mal Tanzschritte üben möchtest.

Dann verwöhne ich dich mit ausführlichem Streicheln, was du wieder sehr genießt, und einer langsamen Hinführung mit Fingern und Zunge zu einem Höhepunkt, der mir heute besonders intensiv erscheint. Mein kleiner Freund reckt sich immer wieder ein wenig, die Geilheit dieser Woche ist also noch nicht vorbei.

Dann liegen wir kuschelnd nebeneinander. Ich erzähle, dass sich mein Sohn und seine Freundin getrennt haben, es scheint dich ehrlich zu überraschen.

Du sprichst davon, dass dir die Psychologin deiner Tochter nicht gefällt und du eine andere suchen möchtest.

Dann fragst du unvermittelt, ob ich mich Freitag mit dir extern treffen möchte, dann kämest du Freitag/Samstag nicht ins "Haus-nebenan". Ich bin sehr glücklich über das Angebot und es erspart mir eine Ausrede für Samstag. Allerdings könnte ich nicht übernachten, sondern käme zu einem Einkaufsbummel. So hast du dir das wohl auch gedacht. Dann frage ich, wie du dir das finanziell vorgestellt hast. Wie immer windest du dich, als wäre es dir wirklich unangenehm. Dann hast du aber doch sehr klare Vorstellungen. Ich zahle genau so viel, wie ich im "Haus-nebenan" für die zwei Besuche bezahlt hätte, dann ist es für mich gleich, aber du hast damit den gesamten Ausfall gedeckt, weil du nichts abgeben musst und die Fahrt gespart hast.

Meine kurze Hoffnung, dass mich externe Treffen mit dir weniger kosten, damit das Ende des Geldes später kommt, ist also zunichte. Du bist wirklich sehr geschäftstüchtig. Und du weißt ganz genau, dass ich großes Handeln vermeiden möchte, weil das sehr viel zerstören würde zwischen uns. Also werden wir uns schnell einig, uns Freitag extern zu einem Bummel zu treffen. Ich muss allerdings später noch meinen Terminkalender befragen. Es passt prima, dass meine Freundin diese Woche Urlaub hat und deshalb Freitag kein Schwimmen angesagt ist. Bei deinen Zeitvorstellungen finde ich merkwürdig, dass du spätestens um 15 Uhr wieder weg musst. Eigentlich bist du doch zwei Tage weg, also wäre von deiner Seite doch auch eine Übernachtung möglich gewesen. Sofort bohrt es wieder in mir. Triffst du dich an diesem Tag auch noch mit einem anderen Stammgast, vielleicht sogar zum Übernachten? Dann würdest du sogar deine Tageseinnahmen verdoppeln und verdreifachen. Oder tue ich dir jetzt unrecht? Aber warum hast du dann ein Zeitlimit oder diskutierst die Möglichkeit einer Übernachtung gar nicht mit mir? Ich stelle nur bedauernd fest, dass wir bei einem Bummel keine Möglichkeit für Kuscheln und Streicheln haben. Du meinst aber zustimmend:

„ich kann verstehen, dass du auch mehr körperliche Nähe möchtest"

„gibt es dafür auch irgendwo tagsüber die Möglichkeit?"

„ich kenne mich da doch überhaupt nicht aus, aber vielleicht schon"

„aber es ist doch dein Job"

Das ist jetzt nicht nett von mir, es tut mir auch sofort leid, aber wegen der Bezahlung halte ich das doch für eine ehrliche Bemerkung. Du bist nicht ungehalten, sondern wirkst nachdenklich.

Wir reden dann darüber, was wir unternehmen am Freitag, fragen gegenseitig nach Einkaufsideen. Du fragst, ob du mich bei irgendetwas beraten darfst. Wie sehr habe ich mir das immer gewünscht, es klingt wunderbar. Mir fällt aber nur eine Mütze ein für den Fall, dass ich mir die Haare abrasiere.

„das machst du doch nie"

Ich reagiere erstaunt. Wenn du noch weißt, was ich dir versprochen habe, dann war das jetzt dein Eingeständnis, dass du niemals „ich liebe dich" zu mir sagen wirst. Du lenkst dann etwas ein.

„das machst du doch frühestens im Ruhestand, dann müssen wir doch nicht jetzt schon eine Mütze kaufen"

Natürlich denke ich darüber nach, was du dir, ich dir kaufen könnte. Natürlich Schokolade, aber ich denke auch an Dessous oder Schmuck.

Dann streichelst du mich ausgiebig und gehst zur Verwöhnung über. Deine Hände sind himmlisch. Ich wünsche mir wieder ausdrücklich eine festere Hodenmassage. Du hast zwar Bedenken, dass es weh tun könnte, gehst aber neugierig und sehr gekonnt darauf ein. Es ist wunderbar und scheint dir auch zu gefallen. Du meinst, die meisten Männer seien da sehr empfindlich. Ich erwidere, dass dieser leichte Schmerz mir einen sehr geilen Kitzel erzeugt, es ist kein unangenehmer, sondern ein geiler Schmerz. Und du machst wunderbar weiter, verwöhnst mich dabei auch mit dem Mund, dann wieder mit den Händen. Als ich nachhelfen will, wehrst du wieder energisch ab mit „noch nicht" und schaffst es dann, mich tatsächlich zu einem wunderbaren Höhepunkt zu führen. Ich gestehe, dass ich nicht enthaltsam gewesen bin. Du zuckst kurz.

„keine Sorge, ich bin nicht fremd gegangen, ich habe mich allerdings drei Mal selbst befriedigt, ich war die ganze Woche sehr geil"

Du lächelst.

„und es war heute keineswegs schwieriger als letzte Woche nach sieben Tagen Enthaltung, daran liegt es also nicht"

Ich spreche noch mal über die offensichtlich häufige Gedankenübertragung zwischen uns und nenne die Beispiele der SMS-Zeitpunkte und Inhalte.

Du fragst, wie es mit meiner Frau ist und ich sage ehrlich „nicht wirklich erträglicher" und erzähle von ihrer Schimpferei darüber, was ich alles nicht tue in Haus und Garten, während sie andererseits den ganzen Tag nur fern sieht. Darüber wundert sich meine Freundin auch. Meine Frau war übermäßig ordentlich früher, jetzt liegt alles voller Sachen. Du bist mit mir einig, dass das durch ihren Alkoholismus kommt.

Ich erzähle von den Mäusen im Garten. Du hast auch Angst vor Mäusen und natürlich vor Spinnen, wie die meisten Frauen.

Wir umarmen uns noch mal zärtlich und fest und ich sage dir, dass ich sehr glücklich bin, dass es dich gibt. Du scheinst dich über mein Kompliment, meine Zuneigung wirklich zu freuen.

Mir fällt angenehm auf, dass wir trotz aller besprochenen Probleme heute doch sehr oft miteinander gelacht und uns auch geneckt haben. So muss es sein.

Dann gehen wir zusammen zum Essen.

Ich habe das Gefühl, dass dein nächster Gast auf den Polstern wartet. Du schaust mehrmals hin und er schaut uns auch häufiger an, insbesondere mich beim Vorbeilaufen.

„weiß deine Freundin eigentlich, dass ich eifersüchtig auf sie bin?"

„nein. Aber du bist nicht wirklich eifersüchtig?"

Ich erkläre dann, dass ich wohl in erster Linie neidisch bin auf ihre Nähe zu dir. Du lächelst. Hätte ich Ihre Nähe zu dir, dann könnte ich sie akzeptieren, das wäre kein Problem für mich.

„ich bin unheimlich neidisch, aber ich würde sie sicher nicht verdrängen wollen"

„ich weiß"

Wir reden noch mal über das Treffen am Freitag und wann ich losfahren soll.

„wir gehen dann erst mal schön Kaffee trinken, fahr doch so um 7:15 los"

„wenn ich unterwegs bin, können wir uns ja noch telefonisch abstimmen"

Dann bringst du mich zur Treppe. Ich kann es nicht vermeiden, deinen vermeintlichen Gast anzuschauen, so wie er mich.

Du bist an der Treppe sehr zärtlich und lieb beim Küsschen und der Umarmung und nennst mich wie schon mehrmals heute „Fredele". Du bist wieder ein Stück näher gekommen. Ich bitte dich, dich zu melden, wenn du gut heimgekommen bist.

Im Auto schaue ich sofort in meinen Terminkalender und schicke dir eine SMS: „Von mir aus geht Freitag so klar. Wir telefonieren noch. Danke. Angenehmen Abend noch. LG Fred".

Ich bin sehr aufgewühlt. Worauf lasse ich mich da ein? Ich werde mich noch mehr verpflichtet fühlen, dich zu unterstützen. Aber ich kann mir überhaupt nicht vorstellen, freiwillig auf deine Nähe zu verzichten

Nachts um 2:30 ist keine SMS da, 4:30 auch nicht, ich bin sehr unruhig. Am Morgen ist immer noch nichts angekommen. Ich mache mir wirklich Sorgen um dich, natürlich auch um das neue Auto. Dann wieder denke ich, dass du einfach müde warst und nach dem Aufstehen erst mal sehr mit deiner Tochter zu tun hast. Aber alles kann mich nicht wirklich beruhigen. Ich werde mit einer Nachfrage trotzdem warten, bis deine Kinder aus dem Haus sind.

Alles in mir tobt, ich bin völlig von der Rolle, die Sorge um dich, die überbordenden Gefühle und die heftigen Zweifel, wie es mit uns weiter geht. Bin ich nicht völlig wahnsinnig, soviel Geld auszugeben? Wie lange kann das gehen? Du triffst dich doch sicher an diesen Tagen außerhalb auch mit anderen Stammgästen, es wäre ja fahrlässig, wenn du deine Einnahmen nur auf einen Stammgast stützt. Was wäre, wenn ich aus welchen Gründen auch immer ausfalle? Dann toben wieder meine Gefühle, ich möchte dich doch für mich, am liebsten ohne Bezahlung, oder weniger Bezahlung. Aber wovon sollst du dann leben? Alles ist totaler Wahnsinn, aber ich will die Reißleine nicht ziehen, ich möchte diese glücklichen Stunden mit dir weiter spüren und ich liebe dich wirklich. Mir ist genauso wenig zu helfen wie jedem Süchtigen. Das Ende kommt erst am Ende des Geldes. Die Vernunft ist einfach zu schwach, jedenfalls bei mir, bei Männern eben, weil Männer Schafe sind.

Du hast es anscheinend im Griff. Du kannst mir Zärtlichkeit und Nähe geben, ohne mir ganz nahe zu kommen. Du regelst deine Einnahmen und hast offenbar alles in der Waage. Du bist eine Kurtisane, Gespielin, Begleithostess allererster Klasse. Ich habe immer wieder das Gefühl, von dir auch geliebt zu werden, aber du hältst mich dabei auf gebührenden Abstand, verweigerst einen richtigen Kuss, verlangst gnadenlos Bezahlung für jedes Treffen, egal wo, wie und warum. Und wie eine gute Kurtisane bemühst du dich um Verbesserung meiner Beziehung zu meiner

Frau. Das eben auch nicht nur mir zuliebe, sondern du könntest es gar nicht gebrauchen, dass ich mich trenne, frei wäre und dich dann bedrängen könnte, meine Lebenspartnerin zu werden. Du verstehst es ganz ausgesprochen erstklassig, diese Waage zwischen unglaublicher Nähe und gebührendem Abstand zu halten. Dem bin ich total ausgeliefert, nein, dem liefere ich mich total aus, weil ich auch keine Lösung weiß und glücklich bin, wenn du dich wohl fühlst. Ich kann es nicht und will es nicht ändern.

Auf der Fahrt in die Arbeit fließen mir dicke Tränen übers Gesicht und tropfen auf den Mantel, ich heule heftig und hemmungslos, es erleichtert ein wenig. Ich muss mich allerdings kurz vor Erreichen der Firma zwingen, es zu beenden, zu unterdrücken. Das ist mir schon lange nicht mehr so schwer gefallen.

Am Arbeitsplatz kommt eine SMS, ich bin elektrisiert, aber es ist „nur" von meiner Freundin. Aber auch darüber freue ich mich. Dann kurz danach das SMS-Signal von dir, im Grunde genau wie erwartet: „Hallo Fred entschuldige war schon 23:30 zuhause mein Sohn war noch wach und dann habe ich vergessen dir zu schreiben. Drücke dich ganz lieb. LG Pat".

Dabei fällt mir ein, dass ich 23:40 kurz wach war, doch Gedankenübertragung! Wenigstens eine Sorge ist mir genommen, ich werde gleich viel ruhiger. Ich antworte sofort: „Hallo Pat, ich war schon sehr beunruhigt, habe gehofft, dass es einen harmlosen Grund gibt. In zehn Minuten hätte ich mich gemeldet. Wann telefonieren wir? Oder rufe mich einfach an. Küsschen, lg Fred".

Ich bin nicht nur beruhigt, ich könnte vor Glück und Sehnsucht hüpfen, springen und zerspringen. Meine Gedanken fliegen, sind so leicht, aber mein Herz ist so schwer. Herzschmerz, körperliches Wohlgefühl, Seelenqual und überglückliche Gedanken liegen so nahe beieinander.

Und wenn ich mal alle dunklen Gedanken bei Seite lasse, dann sind doch inzwischen so viele unerhoffte Träume vom Zusammensein mit dir in Erfüllung gegangen. Nie hätte ich all das, was seit Anfang Dezember zwischen uns geschieht, im November oder gar Oktober für möglich gehalten. Ich sollte einfach fest daran glauben, dass noch viel mehr unserer oder meiner Träume über dich und uns wirklich werden.

Ich bin so aufgeregt wegen Freitag, eine kribbelige Vorfreude hat mich erfasst. So schnell sehen wir uns wieder. Wir hätten uns zwar auch im "Haus-nebenan" getroffen, darauf hatte ich mich zwar auch gefreut, aber es wären nur zwei kurze Stunden gewesen. Jetzt treffen wir uns zum ersten Mal zu einem Bummel und sind viele Stunden beieinander.

Ich ringe noch mit mir, ob ich versuche, ganz ehrlich mit dir über die Finanzen, die anderen Stammgäste und meine langfristigen Chancen bei dir zu sprechen. Soll ich oder soll ich nicht? Würdest du dich wundern, dass ich es bisher nicht tue, oder würdest du dich wundern und ärgern, wenn ich es tue?

Heute bin ich mir im Gegensatz zu bisher überhaupt nicht sicher, ob mein Teufelchen oder mein Engelchen mich vor dir und den finanziellen Folgen warnt. Sonst war das immer so klar.

Ich beschäftige mich bis mittags mit den Ausstattungsvarianten deines Autos und Katie-Melua-Lyrix.

Ich bin in einer glücklichen, gelösten Vorfreude, alle möglichen Probleme sind mir völlig egal. Ich lebe jetzt, ich möchte jetzt mein Glück genießen. Warum soll ich mir Sorgen machen, dass ich mein Geld für eine Liebessucht verspiele? Vielleicht sterbe ich vorher, werde krank oder es ergibt sich im besten Fall eine neue Geldquelle. Habe ich mich nicht immer lustig gemacht über alle Verwandten, die immer nur fürs Alter gespart haben und den Nutzen nie erlebt haben, obwohl sie alle sehr alt geworden sind? Wenn ich dich aufgebe oder aufgeben muss, dann werde ich mein restliches Leben darüber genauso traurig sein wie darüber, dass ich meine Jugendbrieffreundin damals aufgegeben habe.

Nach einigen Sitzungen fahre ich unter Zeitdruck heim und rufe dich aus dem Auto an. Du bist sofort dran, wie immer mit einem ganz fröhlichen, liebevollen Hallo. Du bist im Auto auf dem Weg zu deiner Freundin. Wir verabreden, morgen noch mal wegen Freitag zu telefonieren. Ich bin bei einer geschäftlichen Veranstaltung bis nachmittags, du bist auf dem Geburtstag deiner Schwester, sie wird morgen 40. Du meinst aber, es wäre kein Problem, wenn ich dich dort am späten Nachmittag anrufe. Dann fragst du, warum dein Scheibenwischer nicht automatisch läuft, obwohl es gerade regnet. Mir fällt auch nicht sofort ein, wie ich das aktiviere. Wir reden noch kurz über deine Tochter und deinen Rücken. Da du mit Handy am Ohr telefonierst, beende ich dann, weil ich dich nicht gefährden möchte im Verkehr. Ich denke über den Scheibenwischer nach, dann fällt es mir ein, Intervallschaltung! Ich rufe dich gleich noch mal an, du bist inzwischen bei deiner Freundin. Ich sage es dir mit der Intervallschaltung, du bedankst dich. Weil ich vor lauter Eifersucht deine Freundin im Kopf verdränge, bestelle ich keinen Gruß. Das ärgert mich anschließend. Es muss einfach für mich normal sein, dass du mit deiner Freundin zusammen bist. Ich werde mich bemühen.

Anschließend wundere ich mich, wieso du zu deiner Freundin fährst, obwohl doch jetzt deine Kinder daheim sein müssten und dich brauchen. Aber auch dafür gibt es sicher eine ganz einfache Erklärung, ich sollte nicht immer im Nebel stochern.

Dann fahre ich mit meiner Frau zum Babysitten zu meiner Tochter. Dort übersetze ich alle Pictures-Lyrix.

Obwohl ich erst gegen 23 Uhr schlafen gehe und sehr müde bin, bin ich in Gedanken an dich sehr geil und habe schnell einen sehr schönen Höhepunkt. Kurz habe ich gezögert, aber für unser Treffen am Freitag muss ich ja nichts aufsparen. Andererseits sollten zwei Tage völlig ausreichen, wieder bereit zu sein. Ich schlafe tief und fest durch.

Die geschäftliche Veranstaltung kommt mir völlig quer, ich würde lieber an Notizen über uns und Texten für dich arbeiten und mich auf morgen vorbereiten als dort herumzusitzen. Ein paar Mal „spotten" Kollegen, dass ich offenbar lieber meditiere statt an den Gesprächen teilzunehmen. Wenn die wüssten, wie nahe sie der Wahrheit kommen.
Immer wieder überlege ich, ob ich unsere Beziehung, ihre mögliche Entwicklung und die Finanzen ansprechen soll. Aber ich werde es wohl verschieben, ich möchte das kleine, kurze Glück an diesem Tag, dem ersten Treffen zu einem Bummel, nicht gefährden. Ich werde aber wohl nicht vermeiden können, kurz über die finanziellen Vorstellungen zu reden, denn bisher gibt es nur eine Andeutung über deine Vorstellung.
Glücklicherweise bin ich um 15 Uhr wieder am Arbeitsplatz, leider nicht allein. In der Hoffnung, dass du erst zum Geburtstag deiner Schwester gehst, wenn die Kinder aus der Schule kommen, rufe ich dich gleich an. Du bist sofort dran mit dem üblichen fröhlichen Hallo. Ich habe deine Zeitplanung richtig eingeschätzt. So können wir in Ruhe reden, ich wegen Hintergrund etwas zurückhaltend. Du erzählst, dass es wieder sehr schlimm mit deiner Tochter ist, und du nächste Woche einen Termin bei einem anderen Psychologen hast. Wir machen uns beide Hoff-

nung. Du tust mir unendlich leid. Dann frage ich nach deinem Rücken. Du willst den Arztbesuch noch ein wenig hinausschieben, weil du Angst vor dem Einrenken hast. Ich sage „dann muss ich wohl noch ein bisschen Überzeugungsarbeit leisten". Wir lachen beide. Dann besprechen wir noch mal das morgige Treffen. Du schlägst ein Parkhaus vor, 9 Uhr. Ich werde mich melden, falls ich in einen dicken Stau gerate. Ich sage „ich freue mich" und du sagst das für dich auch, was mir schon ein kleines Glücksgefühl gibt. Und ich freue mich wirklich sehr, ich bin einfach unglaublich glücklich, mit dir ein paar Stunden zusammen sein zu können.

Aber solange es so kostspielig ist, wird es nicht beliebig oft möglich sein, obwohl du das sicher hoffst und auch darauf angewiesen bist. Ich bin so hin und her gerissen, soll ich es ansprechen, damit wir gemeinsam einen Kompromiss finden? Oder soll ich genießen, solange es geht? Willst du möglichst schnell viel Geld von mir bekommen oder würde es dir eventuell doch gefallen, dass wir uns noch lange und oft mit hoffentlich auch deinerseits steigender Zuneigung treffen können?

Freitags Morgen fahre ich ganz ungeduldig los, ich bin so aufgeregt. Auf einem Parkplatz nehme ich mein Haarteil im Schutz meiner Mütze ab. Pünktlich kurz vor 9 Uhr fahre ich ins Parkhaus ein und sehe dich sofort, du stehst auf dem ersten Platz und siehst mich auch sofort, ich halte auf dem Platz neben dir, du strahlst mich an und ich strahle zurück. Du strahlst immer so viel Fröhlichkeit, Nähe und Vertrauen aus, in dem Moment kann es überhaupt keine dunklen Gedanken geben. Ich kann einfach nur glücklich sein über deine Nähe, deine Zeit für mich, ich fühle mich so unendlich wohl, wenn du dich bei mir einhakst. Es sollte nie vorübergehen. Es ist so unerträglich, dass unsere Zeit nur immer in wenigen Stunden bemessen ist. Aber in dem Moment, wo ich dich erblicke, dich berühre, ist alles nur Wohlgefühl, Wohlbefinden, unendliches Glück. Wir begrüßen uns mit Küsschen.

Da an dieser Stelle alles Frauenparkplätze sind, fahren wir zusammen mit meinem Wagen ein Stück weiter. Dann gehen wir eingehakt unter deinem großen Schirm zur Einkaufsstraße. Du bist so fröhlich und liebevoll. Wir gehen zunächst in ein Cafe zum Frühstücken und unterhalten uns.

Ich erkläre, dass es am Hintergrund im Büro liegt, nicht an dir, wenn ich eventuell am Telefon zurückhaltend bin. Wir reden über deine Tochter, ihr Zustand ist sehr schwankend, aber doch an vielen Tagen ganz gut. Du bist sehr gespannt auf die neuen Psychologen in einer Gemeinschaftspraxis.

Dein Rücken macht immer noch Probleme, ich bestärke dich, zum Arzt zu gehen, dich nicht daran zu gewöhnen, und bis dahin Dehnübungen bis an die Schmerzgrenze zu machen.

Ich erzähle von der BILD-Schlagzeile"Ottos Ex arbeitet im Sex-Club", wegen deiner Angst, prominent zu werden.

Ich frage, ob du alle von mir übersetzten Lyrix haben möchtest. Du möchtest nur bei Bedarf bestimmte Texte und meldest dich dann.
Du bezahlst das Frühstück, danach sitzen wir noch kurz außen im Heizstrahlerbereich und du rauchst eine Zigarette.
Dann laufen wir unterm Schirm im Regen weiter.
Du suchst ein Übungsbuch für Alltagsenglisch, wir gehen in mehrere Buchläden, haben aber keinen Erfolg.
Dann gehst du mit mir in ein Dessou-Geschäft und schaust dir die Dessous an. Ein schwarzes Spitzenkleidchen scheint dir zu gefallen. Bei einem roten Ensemble bist du unsicher, hättest sicher von mir eine klare Meinung, aber leider bin ich mir auch ganz unsicher und mache keine klare Aussage. Du entscheidest dich dann, nichts zu kaufen.
In einem Dekor-Geschäft erwähnst du, dass du deinen Flaschenöffner im Hotel liegen lassen hast, wir finden aber keinen kleinen mitnehmbaren. Insgesamt haben wir sehr ähnlichen Geschmack bei allem. Du kaufst dir eine metallene Butterdose.
Ich frage, wieso du heute so zeitig heim willst, wenn die Kinder doch bei ihrem Vater sind. Sie kommen immer zum Essen heim und heute wegen Ferienbeginn früher. Das beantwortet nicht wirklich meine Frage, denn wärest du im "Haus-nebenan", wärest du ja auch nicht daheim. Wenn du es heute wegen der Kinder machst, finde ich das natürlich schön. Aber ich bilde mir

ein, du fühlst dich nicht wohl bei deiner Antwort, wie ertappt bei meiner Frage. Triffst du dich heute doch noch mit einem anderen Stammgast?

Ich erzähle vom Rosenkrieg meines Sohnes mit seiner Freundin und dass sie mir ihre wirren Mails an ihn zur Kenntnis geschickt hat. Ich glaube allerdings eher meinem Sohn. Ich hatte so viel von ihr gehalten und sie hatte auch guten Einfluss auf ihn, aber jetzt ist sie offenbar wirklich psychisch krank. Du meinst, ich sollte ihr deutlich antworten und zu verstehen geben, dass mich das nicht interessiert, wenn sie mir nochmal eine Mail schickt.

Dann spreche ich einen möglichen Übernachtungstermin mit dir an, ob es in zwölf Tagen vom 13. auf 14. Februar denkbar wäre. Du bist nicht abgeneigt und meinst, dass ich entscheide, wann und ob ich möchte. Dann erzählst du, dass die Empfangsdame im "Haus-nebenan" sehr enttäuscht war, dass du diese Woche nicht kommst. Sie unterhält sich so gern mit dir.

Du möchtest gern mit mir etwas für mich einkaufen und fragst nach einer Badehose. Gedankenübertragung? Die wollte ich mir doch schon seit einiger Zeit mal kaufen. Auch da haben wir den gleichen Geschmack und wählen eine Badehose aus. Wir laufen weiter durch das Kaufhaus, ich erzähle von meinem Wunsch, einen Kaffeeautomaten anzuschaffen. Du schüttelst den Kopf darüber, dass ich mich wegen meiner Frau nicht traue.

„tue es doch einfach".

Ich erzähle, dass sie sich sehr nach anderen Leuten richtet und eine Bekannte jetzt einen Kaffeeautomaten gekauft hat, die Abwehr wird also nachlassen. Wir schauen auch Flachfernseher an, weil dein Sohn einen braucht. Du lässt dir den Unterschied LCD-Plasma von mir erklären.

Bei den CDs sprechen wir kurz über Musik, offenbar haben wir beide einen sehr breiten Geschmack. Du hast genau wie ich oft nicht unterscheiden können zwischen Katie Melua und Norah Jones. Ich sage, dass du mir CDs zum Kopieren mitbringen sollst, wenn du meinst, dass sie mir gefallen könnten. Du sagst es zu.

Wir gehen im Kaufhaus-Restaurant etwas Trinken und unterhalten uns weiter.

Du wunderst dich über meine Digital-Armbanduhr, findest sie außergewöhnlich. Ich erzähle dir, dass es ein Geschenk zum 50. Geburtstag war, die erste Funkarmbanduhr am Markt und ich sehr daran hänge. Wir sprechen über Uhren und du erwähnst wieder, dass deine Armbanduhr von deinem verstorbenen Bekannten ist und du deshalb auch sehr daran hängst.

Wir sprechen über das Verhalten meiner Frau, und warum ich so oft nachgebe oder abwarte oder lüge, um das Klima einigermaßen erträglich zu halten. Und ich rede viel von mir, du fragst auch viel danach.

Wir kommen auch auf die Familie meiner Frau zu sprechen.

Natürlich ging es mir in erster Linie auch immer um das Wohlergehen meiner Kinder. Dann erzählst du nochmal von deiner Scheidung und deinen Kampf ums Haus, dafür verzichtest du auf einen Teil der Alimente. Du ergänzt „Kinder sollten nicht aus der gewohnten Umgebung gerissen werden". Das beantwortet eigentlich auch gleich meine gedankliche Frage, ob du zu mir ziehen würdest, wenn wir ein Paar würden. Offenbar frühestens, wenn deine Kinder erwachsen sind. Das hatte ich auch so vermutet. Ihr habt mit einer Finanzierung das Haus renoviert und deshalb ist die Miete niedrig, aber die Finanzierung läuft noch.

Als ich erwähne, dass sowohl Stiefvater als auch leiblicher Vater meiner Frau zwölf Jahre jünger waren als meine Schwiegermutter, meinst du „zwölf Jahre sind schon heftig". Das sticht ein wenig, weil ich mir als 26 Jahre älterer Hoffnung auf deine Liebe und Partnerschaft mache. War das gerade ein klares Signal, dass das für dich immer unvorstellbar sein wird? Ich frage nach dem Alter deiner Eltern. Deine Mutter ist 61, dein Vater 62. Dann waren sie aber noch sehr jung, denn du bist nicht die jüngste deiner Geschwister. Und ich bin älter als deine Eltern, entsetzlich!

Dann spreche ich an, dass ich annehme, dass du dich auch ein wenig aus Zuneigung mit mir extern triffst. Du sagst nicht direkt ja, sondern bestätigst es indirekt mit

„ich habe sonst noch niemandem soviel Privates über mich erzählt und externe Treffen waren ein absolutes Tabu".

Wenn du dich also wirklich nur mit mir extern triffst, dann ist es auch ein wenig Zuneigung. Ob du dich jetzt oder demnächst auch mit anderen extern triffst, erfahre ich leider nicht. Vielleicht gibt es eine ideale Kombination, vielleicht kann ein anderer Stammgast nur am Wochenende.

Ich ergänze noch, dass niemand außer dir so viel über mich weiß.

„was erzählen andere Frauen bei diesen Treffen, wenn sie sich denn überhaupt verständlich machen können, du hast doch sehr viel Erfahrung?"

„häufiges Thema ist alleinerziehende Mutter, wahrscheinlich auch um Mitgefühl zu erregen"

Und ich erzähle auch von einer deiner Kolleginnen, die mir gleich ihre Handy-Nummer gegeben hat.

Ich frage nach deinen Wochenendplänen. Du willst eventuell eine langjährige gute Freundin besuchen.

Dann sprechen wir vom nächsten Treffen im Club. Es ist ein kleines Problem, dass Ferien sind und der Babysitter erst um 17 Uhr kommen kann. Du magst die Kinder nicht so viele Stunden allein lassen. Aber deine Freundin springt ein, obwohl sie eigentlich wegen eines anschließenden Kurzurlaubs mittags wegfahren wollte. Ich bin erleichtert, dass unser Treffen dann doch klappt.

Ich sage, dass mir bei solchen Treffen wie heute das Knuddeln schon fehlt, und wie gern ich dich habe, dass ich in dich verliebt bin, es ist eben so. Ich habe mich ein Leben lang gegrämt wegen meiner Jugendbrieffreundin, ich möchte den Fehler nicht wieder machen, ich möchte dich nicht verlieren. Du schaust mich wortlos, nachdenklich an. Als ich ergänze „oder mache ich gerade den größten Fehler meines Lebens?" scheint dein Blick von traurig bis erstaunt in erschrocken bis erleichtert überzugehen. Ich spüre in deinem Blick dein Erschrecken darüber, dass ich erkenne, dass ich einen großen Fehler mache. Das nimmt dir gleichzeitig eine Belastung, macht dich aber offensichtlich auch ein wenig traurig, mindestens meinetwegen. Jedenfalls empfinde ich deine wortlosen Blicke und deinen Gesichtsausdruck so.

Dann spreche ich doch das Thema Finanzen an. Es ist dir sehr unangenehm. Ich betone, dass es mir um Klarheit zwischen uns geht, ich will nicht handeln, ich weiß, dass du auf das Geld angewiesen bist. Ich lasse mir von dir bestätigen, wenn es auch nur zögernd kommt, dass die Übernachtung eben das Dreifache kostet und der Tagesbummel so viel wie mein Besuch an zwei Tagen. „dich kostet es dasselbe wie zwei Tage "Haus-nebenan" und ich bekomme die ganze Summe und kann auf Einnahmen durch zusätzliche Gäste verzichten".

Ich bestätige, dass ich das so akzeptiere, einfach mehr Klarheit zwischen uns wollte. Ich habe es eben nur angesprochen, damit du auch meine Beweggründe kennst, dass ich möglichst spät am Ende des Geldes ankomme und unsere Beziehung noch möglichst lange dauert. Du gehst auf meine Beweggründe gar nicht ein, sondern du meinst nur, dass du das Auto möglichst schnell abbezahlen möchtest, um davon frei zu sein, deshalb extra ein neues Konto anlegst für alle Extraeinnahmen, damit die Raten oder Sonderrückzahlungen auch in schwachen Zeiten möglich sind.

Ich erzähle, dass ich gestern fast vergessen hätte, Geld abzuheben. Ich denke, du vertraust mir und würdest auch eine nachträgliche Überweisung akzeptieren, z.B. auch höhere Summen wie für Übernachtungen als Überweisung akzeptieren. Du möchtest es nicht, du möchtest bei cash bleiben in allen Fällen.

Du schaust ängstlich bedrückt bis traurig.

„was denkst du?"

„dass du traurig bist..!!"

Du spürst also ganz genau, dass mich deine Behandlung des Finanziellen schon ein wenig verletzt.

„Traurig? Vielleicht ein bisschen, aber eigentlich doch glücklich, ich will es so, ich habe dich sehr gern, und ich weiß, dass du auf das Geld angewiesen bist. Ich werde möglichst nicht strecken, seltener oder kürzer mit dir zusammen sein. Nein, ich möchte es genießen solange es geht, ich könnte sterben oder doch plötzlich reich werden, dann würde ich mich über jede versäumte Stunde mit dir grämen"

Dann brechen wir auf, ich kaufe dir noch eine Schokolade nach deiner Wahl. Du möchtest außen noch einmal rauchen, wir gehen dazu in den Gang zu einer Galerie und schauen die Bilder und Figuren an. Wieder haben wir den gleichen Geschmack. Ich weise auf eine Frauenplastik, schlank mit kleinem Busen und sage „wie du".

Du scheinst dich zu freuen, dass ich dich ähnlich sehe wie diese hübsche Statue. Ich erinnere daran, dass heute gerade die gleiche Mondphase ist wie in unserer ersten Nacht. Ich sage wieder, dass ich diesen geradezu symbolischen Moment niemals vergessen werde. Du lächelst ganz still. Du erinnerst dich offenbar auch sehr genau daran.

Du fragst, ob am Wochenende Tanzen angesagt ist.

„nein, da ist Fasching und das ist nicht mein Ding"

Du hast damit auch überhaupt nichts am Hut. Auch da sind wir uns also sehr ähnlich.

Plötzlich fragst du, ob ich eigentlich Parfum nehme. Ich verneine. Dann erkenne ich erst dein wunderbar duftendes Parfum und sage es dir. Du nimmst immer Parfum! Und ich habe es bisher nie bemerkt!

Ich werde dich nochmal dazu befragen. Hast du nur neugierig gefragt, oder behagt dir mein Geruch nicht. Das wäre schlimm.

Auf dem Rückweg zum Parkhaus kommen wir an einem Schmuckladen vorbei. Ich sage dir wieder, dass ich dir gern einmal ein Stück Schmuck schenken würde, vielleicht ein Armkettchen oder Ohrringe. Heute lehnst du nicht komplett ab, wir schauen ins Schaufenster.

„vielleicht wäre ein Armreif schön"

Du hast in den vier Stunden nur dreimal geraucht.

„das Rauchen ist allein deine Entscheidung. Ich freue mich, wenn du aufhörst, ich akzeptiere es, wenn du es machst"

Auf meinen Vorschlag am Parkhaus, uns zunächst noch für ein bisschen Zärtlichkeit ins Auto zu setzen, gehst du nicht ein, du findest es blöd, danach noch einmal zum Kassenautomaten zu laufen. Du bist plötzlich sehr sachlich. Damit geht jetzt also alles ganz schnell.

Am Auto verabschieden wir uns mit einer Umarmung.

„Melde dich mal"

Ich setze mich kurz mit in dein Auto, gebe dir das Geld und zweimal ein zärtliches Küsschen mit bewegten Lippen, ich denke du spürst, wie gern ich dir einen richtigen Kuss geben möchte.

Du winkst mir von der Ausfahrt noch kurz zu.

Auf der Rückfahrt bei heftigem Regen laufen mir dann doch wieder die Tränen. Ich mache zum Aufsetzen des Haarteils eine kurze Rastplatzpause. Mit viel Regen, Stau und Umleitung nach Navi bin ich erst nach langer Fahrt daheim. Ich schicke dir eine SMS: „Liebe Pat, ich danke dir für diesen wunderbaren Vormittag. Ich bin sehr glücklich, wirklich, mache dir bitte keine Sorgen um mich. Danke für deine Nähe und dein Vertrauen. Ich

habe noch Pause gemacht auf Rastplatz, jetzt bin ich bei starkem Regen und Stau gut angekommen. Kuss und Gruß, Fred".
Ja, ich bin glücklich. Gleichzeitig bin ich tieftraurig, mir ist so klamm ums Herz, es scheint alles so sinnlos. Aber kann es sich nicht doch noch anders weiterentwickeln, hat sich zwischen uns in fünf Monaten nicht so viel entwickelt. Wir sind uns doch einig „sage nie niemals". Aus deiner Sicht werden wir wohl niemals ein Paar, auch wenn ich allein wäre oder sein würde!?
Am Ende meines Geldes ist es zwischen uns vorbei. Will ich wirklich solange weitermachen?
Deine finanziellen Vorstellungen sind knallhart.
Was habe ich davon? Ist es jetzt wirklich eine schöne Zeit?
Dann kommt eine Antwort von dir: „Schön Fred endlich im trockenen. Und jetzt genieße die Zeit mit deinen Enkeln. Drücke dich. Lg Pat".
Ich bin unendlich müde. Offenbar belastet die Situation unserer Beziehung mich nervlich doch wesentlich heftiger als ich wahrhaben will. Du hast schon recht, ich leide sehr, aber ich mag auf keinen Fall auf das Zusammensein mit dir bei jeder sich bietenden Gelegenheit verzichten, ich kann nicht, ich brauche dich so sehr.
Beim Spielen mit den Enkeln und beim Vorlesen schlafe ich fast ein. Am liebsten würde ich mich sofort ins Bett legen und von dir, von uns träumen. Nachdem jetzt vieles klar, wenn auch nicht wirklich gut ist, will ich im Sinne „schöne Zeit" einfach

unser Zusammensein genießen, die dunklen Seiten nicht mehr ansprechen. Allerdings lässt mir keine Ruhe, ob du dich nicht doch auch noch mit anderen Stammgästen außerhalb triffst. Aber dann ist es eben so, ich werde dich danach auf keinen Fall fragen.

Dann suche ich im Internet noch mal nach dem Thema Schulphobie und schicke dir eine Mail mit den Adressen der lesenswerten Seiten.

Heute schlafe ich allein im kleinen Zimmer und kann mich nicht zurückhalten, einige Pornos anzuschauen und lustvoll und erfolgreich zu masturbieren.

Vor dem Einschlafen habe ich wieder die ganze Klarheit vor mir. Durch die Treffen mit mir löst du dich vom "Haus-nebenan", darüber bin ich froh, und ich bin stolz auf dich, dass du diesen Weg gesucht und gefunden hast. Für mich ist es mindestens so schön wie für dich, dass du weniger fremde oder andere Gäste empfangen musst. Durch mich kein "Haus-nebenan" mehr und kürzere Aufenthalte im Club!? Ich finde das wunderbar. Ich kann dir aber auch nicht wirklich übel nehmen, wenn du auch andere Stammgäste extern triffst, du musst dich absichern. Ich könnte ausfallen, also darfst du nicht alle anderen Kontakte aufgeben. Der Vorschuss für ein Jahr Extras heißt doch, so lange werde ich es auch mindestens finanziell durchhalten können und wollen. Etwas dunkel taucht die Sorge auf, dass ich im Ruhestand nicht mehr die Zeitfreiheit für unsere externen Treffen haben werde. Aber wozu darüber jetzt schon Gedanken machen, ich werde täglich das Jetzt genießen und zusätzlich an neuen Einnahmequellen arbeiten.

Dann sehe ich plötzlich eine Abschiedsszene vor mir, weil ich die Reißleine ziehe oder ziehen muss:

Ich umarme dich, dann sitze ich dir mit verschränkten Beinen gegenüber und sage

„ich bin heute gekommen, um mich zu verabschieden, es ist mein letzter Besuch, es muss mein letzter Besuch sein, ich bin am Ende des Geldes angekommen. Bevor ich mich finanziell und seelisch ruiniere, ziehe ich die Reißleine, Schlussstrich, nie wieder Pat"

und dann heule ich bitterlich.

Meine Fantasie reicht nicht aus, mir deine Reaktion vorzustellen. Würdest du traurig sein, versuchen, Vorschläge zu machen, oder es einfach sachlich geschäftlich abhaken, Ende eben?

Und ganz innen hoffe ich inständig, dass es nie so kommen wird, dass wir beide mindestens den Kompromiss „ein bisschen Pat" anstreben und leben.

Als ich nach langem, tiefem Schlaf das erste Mal aufwache, fließen doch kurz wieder Tränen, aber eher vor Glück. Ich bin mir über alles ganz klar und bin ganz sicher, dass jetzt eine schöne Zeit begonnen hat. Und ich habe das dringende Bedürfnis, dir das nicht erst beim nächsten Treffen, sondern sofort heute zu sagen. Gleich nach dem Frühstück schicke ich dir eine SMS: „Guten Morgen Pat, ich bin sehr glücklich und sicher, dass eine sehr schöne Zeit für dich und mich begonnen hat. Dir das zu sagen, wollte ich nicht bis zum Treffen warten. Schönes Wochenende, ich umarme dich ganz innig. Ganz liebe Grüße, Fred".

Wie wirst du das empfinden? Natürlich warte ich sehnsüchtig auf eine Antwort. Als mittags immer noch keine Antwort da ist, keimt natürlich wieder der Verdacht auf, dass du mit einem anderen Stammgast zusammen bist, heute Vormittag oder sogar über Nacht. Aber wenn es so wäre, dann kann ich es dir nicht übel nehmen, so ist eben unsere Beziehung und deine Situation. Aber vielleicht bist du ja wirklich gerade mit einer Freundin zusammen.

Wie immer am Tag danach bin ich heute sehr unruhig, auch in der sehnsüchtigen Ungeduld, dass wir uns erst wieder in drei Tagen treffen. Eigentlich sollte ich sagen, schon in drei Tagen. Außerdem treibt mich die Unruhe um, wie du meine SMS empfindest, ob ich den richtigen Ton getroffen habe, wie deine Antwort formuliert sein wird. Mit dem andauernden, ungeduldigen Warten wird die Unruhe immer stärker, ich spüre mein Herz, ich atme flach, jeder tiefe Atemzug wird zu einem Seufzer. Noch nie hat etwas so mein Leben, meine Zeitplanung, meinen Tagesablauf bestimmt wie du und die Sehnsucht nach dir. Ich möchte mich nur mit dir beschäftigen. Es ist und bleibt wahr, ich liebe dich, mehr als ich jemals einen Menschen geliebt habe.

Ich gehe in den Garten und schneide Sträucher, um mich abzulenken. Aber es ist sehr kalt, ich muss bald wieder rein und arbeite die Notizen zu gestern aus.

Als ich damit fertig bin, weicht ein bisschen zeitlicher Druck von mir und der Drang, alles niederzuschreiben. Aber die Unruhe, dass du dich endlich meldest treibt mich unvermindert um.

Gegen Abend beginne ich dann doch wieder, mir richtig Sorgen um dich zu machen. Du hast nicht auf meine Mail von gestern Abend reagiert und den ganzen Tag nicht auf meine SMS. Wieder versuche ich mir einzureden, dass es eine harmlose Erklärung gibt. Du bist mit einer Freundin oder schlimmstenfalls mit anderen Kunden unterwegs, aber dir ist nichts passiert. Ich will es glauben und hoffe es inständig, aber mein Herz wartet sehnsüchtig auf ein Zeichen von dir. Wenn ich bis morgen früh nichts höre, werde ich auf jeden Fall versuchen, dich anzurufen. Gerade stelle ich fest, dass es noch 66 Stunden sind bis ich hoffentlich wieder zu dir fahren kann. Wieder bin ich beim Stundenzählen im 11er-Rhythmus, das ist schon merkwürdig.

Auch am nächsten Vormittag kommt keine Nachricht von dir. Wieder denke ich darüber nach, dass meine Beziehung zu dir wie eine Sucht ist, mit der ich mich seelisch und finanziell ruiniere. Irgendwie ist meine Sehnsucht nach dir wie das Rauchen für dich. Wenn man wirklich will, kann man aufhören. Jedenfalls ist man davon überzeugt, aber man schafft es trotzdem nicht.

Ich lese noch mal die Texte über die Schulphobie und denke darüber nach, wie ich mit dir darüber rede. Denn es ist ziemlich klar, dass das Problem in erster Linie die Bezugsperson ist, die überbehütet, nicht loslassen kann. Das ist typisch in Scheidungsfamilien. Wegen deines Jobs hast du zusätzlich ein schlechtes Gewissen, da haben deine Tochter und du Euch gegenseitig hochgeschaukelt. Dein Sohn ist stabiler, er zieht sich gern auf sich zurück, geht allein und gern und oft zu seinem Vater, aber Ihr zwei gluckt. Jetzt zieht sich dein Sohn durch die Pubertät noch mehr von dir zurück, dazu passt deine Aussage, dass du gar nicht damit fertig wirst. Umso mehr konzentrierst du dich auf deine Tochter. Du musst dich ihr zu liebe mehr lösen, du musst loslassen. Sie braucht unbedingt Freundinnen, mit denen sie etwas unternimmt. Wie wirst du auf diese Überlegungen reagieren?

Ich mache einen Spaziergang mit meiner Frau bei herrlichem Wetter. Heute Nacht war es sehr kalt, jetzt sind gerade 0 Grad. Als wir gegen Mittag zurück sind, halte ich es nicht mehr aus, ich rufe dich an. Du gehst mit einem ganz normalen, fröhlichen Guten Morgen sofort ran. Du bist gerade bei deiner Freundin, sie hat dich zum Essen eingeladen. Ich erzähle vom Spaziergang mit meiner Frau und wir reden über das schöne Wetter. Ich frage, wie du noch die Zeit verbracht hast. Du hast nach deinen Worten die Unabhängigkeit genossen, nachher kommen ja die Kinder wieder. Näher erzählst du mir nicht, was du unternommen hast. Da du die Mail nicht erwähnst und auf meine SMS nicht geantwortet hast, nehme ich an, dass du wenig zuhause warst. Du fragst, was ich noch vorhabe, und meinst auf mein „nichts", „dann gehe doch mit deiner Frau bei dem schönen Wetter noch mal spazieren und dann in ein Cafe".

Du kannst dir offenbar immer noch nicht vorstellen, dass ich mir Cafe-Besuche mit diesem Sparflämmchen abgewöhnt habe, das gelingt mir ja nicht mal im Urlaub. Du meinst „sei brav" und du sagst dann ganz lieb „wir sehen uns dann bald" und bedankst dich für meinen Anruf. Diese Freundlichkeit, diese liebevolle Stimme, die Welt ist wieder vollkommen in Ordnung, keine Sorgen, keine dunklen Gedanken, nur Vorfreude auf unser Treffen.

Nach einem Tag wieder mal völlig unnötigem Grübeln ist die Welt wieder so was von in Ordnung, ich bin glücklich, fröhlich, unglaublich verliebt, ich könnte jubeln. Jetzt kann ich auch fröhlich sein, falls meine Freundin anruft, alle Trübsal ist weggeblasen.

Ich freue mich so wahnsinnig auf unser Treffen, wie werde ich die Stunden mit dir genießen! Eigentlich lässt sich gar nicht beschreiben, wie glücklich und hochgestimmt ich heute bin.

Ich schaue auf die Uhr, in 49 Stunden fahre ich los. Mit der nachlassenden Anspannung werde ich plötzlich entsetzlich müde. Welche Angst habe ich diese zwei Tage ausgestanden, du könntest dich wegen des falsch getroffenen Tons in meiner SMS oder von mir geäußerten dunklen Gedanken doch plötzlich von mir abwenden. Das macht mir so sehr klar, dass ich mich doch niemals freiwillig von dir trennen kann. Ein solcher Gedanke ist mir unerträglich. Jetzt nachdem du so normal fröhlich und lieb am Telefon warst, bin ich in meinem Glück auch vollkommen sicher, dass deine Aussage, du wirst mir gar nichts übel nehmen, immer stimmen wird. Meine Augen sind feucht, ich würde am liebsten vor Glück heulen, aber ich bin nicht allein.

Als ich wieder mal die Stunden zähle, stelle ich betrübt fest, dass ich dich in 48 Stunden schon wieder verlassen muss, andererseits sind es gerade noch 44 Stunden bis ich bei dir bin.

Am nächsten Morgen hole ich erst mal Geld von der Bank, um es nicht doch noch zu vergessen. Von meinen Gefühlen her ist es so normal und selbstverständlich, dass wir uns treffen und ganz persönlich zusammen sind. Du gehörst in mein Leben, bist unheimlich wichtig, ich denke an dich als Menschen, nicht an eine Dienstleistung, deshalb denke ich immer weniger konkret an das Geld. An dieser Nahtstelle zwischen uns sind wir in der Sichtweise unendlich voneinander entfernt.

Ich bemühe mich vormittags im Wesentlichen wirklich meine Tagesarbeit zu machen. Ich telefoniere mit meiner Freundin. Trotzdem bin ich in Gedanken immer bei dir, immer wieder sehe ich dich vor mir, freue mich auf Morgen, zähle die Stunden, spüre dich in meinen Armen. Zwischendurch befasse ich mich auch mit den Texten über Schulphobie. Möchtest du überhaupt, dass ich das tue, oder treibe ich mal wieder einen Aufwand, der keine Gegenliebe findet? Wirst du bereit sein zu der Selbsterkenntnis, dass auch du loslassen musst bei deiner Tochter?

Ich nehme wieder die Arbeiten an einem Buch auf. Die Tagträume von dir sind den ganzen Tag sehr intensiv. Gerade muss ich daran denken, wie du in drei Fällen mir vorwurfsvoll, fast zornig „nie"-Sätze zugerufen hast:
„du wirst dich niemals von deiner Frau trennen"
„du wirst nie Tantra aufgeben",
„du wirst nie deine Haare und deinen Bart abrasieren".
Waren wir uns nicht einig, dass es „nie" nicht gibt?
Ich muss ein wenig schmunzeln beim Gedanken an diese Ausrufe von dir und bin gleichzeitig glücklich, dass es doch Dinge gibt, die dir ganz persönlich offenbar bei mir wichtig sind. Es gibt also doch eine Zuneigung und sehr persönliche Gedanken über mich, es beschäftigt dich. Und du triffst dich mit mir, obwohl ich deinen Hinweisen entnehmen kann, dass du durchaus lukrativere Angebote wie die Reise nach Italien zum Shopping

bekommen hast. Da wäre sicher mehr Geld geflossen. Aber von deiner Seite haben das Vertrauen oder die Sympathie gefehlt. Dann ist unsere Beziehung doch etwas Besonderes, auch wenn es mich finanziell schmerzt. Ich freue mich unglaublich auf Morgen und hoffe sehr, dass wir demnächst wieder zusammen übernachten. Je mehr ich über alles nachdenke, desto heller werden die dunklen Gedanken, ich bin ruhig, fröhlich und einfach glücklich. Ich kann nicht wirklich verstehen, warum ich mir plötzlich so sicher bin, dass jetzt eine schöne Zeit für uns bevorsteht. Mache ich mir etwas vor oder ist jetzt einfach nur alles klar?

In 20 Stunden bin ich bei dir, in 24 Stunden muss ich mich schon wieder verabschieden. Dann wieder für ewig lange sieben Tage. Ich bin aber nicht mehr voller Zweifel und Ängste. Nur kurz kommt die Sorge auf, dass doch Abstand zwischen uns entstehen könnte, aber dann spüre ich die leichte innerer Unruhe der Vorfreude und Aufregung wegen morgen. Ja ich bin aufgeregt wie jedes Mal, das hat nicht nachgelassen, da ist keine Gewöhnung eingetreten. Schmunzelnd wegen des Widerspruchs muss ich mir eingestehen, dass mich diese Aufregung sehr beruhigt.

Plötzlich geht mir die Frage durch den Kopf, warum ich immer wieder Angst habe, dich zu verlieren, müsstest nicht vielmehr du Angst haben, mich wieder zu verlieren? Ja schon, aber du verlierst „nur" einen angenehmen Gast, ich meine große Liebe.

Gäste wirst du neue finden, die sind ersetzbar, obwohl du dabei Angst vor dem Älterwerden hast. Aber werde ich so eine Liebe, so eine Vertrautheit jemals wieder finden? Ganz abgesehen davon, dass ich das auch gar nicht will.
Es bleibt wahr, ich liebe dich über alles.

Der Tag der Woche! Endlich!
Als ich nachts kurz wach bin, bin ich in Gedanken sofort wieder bei dir und denke über unsere Beziehung nach. Diese Klarheit, dass es von deiner Seite doch nur geschäftlich ist und wohl immer bleiben wird, macht mich natürlich schon traurig, aber nicht mehr so heftig wie noch vor ein paar Wochen. Trotzdem habe ich immer noch furchtbare Angst vor einem Ende unserer Beziehung.
Dann habe ich plötzlich eine bildliche Vorstellung von allem, es läuft wie ein Film vor mir ab:
Ich sehe unsere bisherige Beziehung vor mir wie eine stürmische Schiffsreise, du genießt sie einfach, dabei ist dir nur das hier und jetzt wichtig. Ich hoffe zusätzlich ständig, wir kommen irgendwann in ruhige Gewässer, in ein Paradies, wo wir fröhlich und glücklich als liebendes Paar zusammenleben können.
Jetzt sind wir plötzlich in ruhiges Gewässer gekommen, aber es ist kein Paradies in Sicht, wo wir gemeinsam von Bord gehen wollen und können. Das Schiff dümpelt in Sichtweite einer Einöde. Ich könnte mich jetzt entscheiden, auszusteigen und al-

lein in der Einöde neues Glück zu suchen oder zu bleiben und auf neue Fahrt und neue gemeinsame Erlebnisse zu hoffen. Ich weiß, dass die weitere Reise mich sehr stark finanziell belasten wird, ich weiß, dass du hier niemals mit mir aussteigen wirst, und fürchte die Gewissheit zu haben, dass du auch nicht mit mir aussteigst, wenn wir tatsächlich das Paradies erreichen. Irgendwann werde ich von Bord gehen oder gehen müssen, du aber wirst bleiben und dich mit neuen Gästen vergnügen.

Ich werde sehr nachdenklich, das Bild ist so stimmig. Oder schätze ich deine Sicht, deine Gefühle doch völlig falsch ein?

Jedenfalls habe ich mich entschieden, an Bord zu bleiben, auch ohne Hoffnung auf ein Paradies oder ein gemeinsames Leben mit dir. Ich werde mich darauf konzentrieren, das hier und jetzt mit dir zu genießen, solange wir es beide wollen und es möglich ist. Ja, ich bin nach wie vor in dich verliebt, nicht mehr so traurig und unglücklich, sondern glücklich und ruhig.

Ich bin wie bisher immer an unseren Trefftagen auch heute wieder sehr aufgeregt, ich freue mich unbändig, ich lasse mich tragen vom wohligen Kribbeln im Bauch. Es hat nichts nachgelassen. Du bist mein Ziel.

Vom Büro schicke ich dir früh eine SMS: „Guten Morgen liebe Pat, ich wünsche dir wie immer eine gute Fahrt. Dann bis 15 Uhr, ich freue mich, ganz lg Fred".

Obwohl du nicht jedes Mal darauf geantwortet hast, hoffe ich es heute doch sehr, bin mir aber nicht sicher. Aber dann kommt eine Antwort von dir. Wie mir das Signal zu Herzen geht! „Hallo lieber Fred dir wünsche ich bis dahin eine angenehme und vor allem eine schnell vergehende Zeit. Drücke dich. Bis dann. lg Pat". Dein Text ist wieder ganz besonders lieb, finde ich, als könntest du dich wirklich in mich hineinversetzen. Ich muss wieder daran denken, dass du meine Situation zu dir mit deiner zu deiner Freundin verglichen hast. Jetzt wird das Kribbeln im Bauch richtig heftig, mein Herz klopft, nichts ist abgestumpft in meinen Gefühlen zu dir, und du denkst über mich nach, es ist doch wundervoll.

Jedes Mal, wenn du auf meine „gute Fahrt" SMS nicht reagiert hast, war ich immer so unruhig, voller Sorge, dass du nicht kommst oder keine Zeit für mich hast, oder, oder, oder. Heute bin ich einfach nur freudig aufgeregt, denn du kommst und hast dich auf mein Kommen eingestellt. Es ist ganz wundervoll.

Gedanklich begleite ich dich auf deiner Fahrt.

Endlich kann ich starten und beeile mich, damit ich kurz vor 15 Uhr an der Theke bin. Die Enttäuschung ist riesengroß, als ich dich nirgends sehe. Ich setze mich an die Theke und trinke einen Kaffee. Leider ist keine vertraute Betreuerin da, die mir einen Hinweis gibt. Also muss ich warten mit der Hoffnung, dass du bald auftauchst. Immer wieder kommen andere von den Zimmern, du aber leider nicht. Ich bin schon ein wenig traurig, gerade weil wir uns diese Woche ein halbes Jahr kennen. Es sind heute viele Männer anwesend, etliche sitzen wartend an der

Bar. Plötzlich bekomme ich Panik, es könnten Stammgäste von dir dabei sein, die auch auf dich warten. Aber irgendwie bin ich mir sicher, dass du dann die und nicht mich vertrösten wirst. Bin ich mir wirklich sicher? Ja, bin ich. Und ich bin sicher, dass du mich nicht länger als 30 Minuten warten lässt.

Und so ist es, nach einer endlosen halben Stunde sehe ich dich auf der Treppe, du gehst mit dem Gast ins Untergeschoss. Dann endlich kommst du, begrüßt mich ganz lieb, holst dir einen Kaffee und wir setzen uns auf die Polster. Du entschuldigst dich für die Verspätung! Ich sage dir, dass das Warten schon furchtbar ist, aber dass ich wohl weiß, dass du hier dein Geld verdienen musst, so ist es eben. Dann spreche ich von meiner Panik. Du schaust entgeistert. Der Gast eben wollte eigentlich länger bleiben, aber du hast abgelehnt und ihm gesagt, dass du verabredet bist und wieder runter musst. Und wenn du mit mir verabredet bist, dann bist du auch für mich da und fügst fast erschrocken oder leicht verärgert hinzu

„das weißt du aber, oder?"

Das tut so wohl und ich habe ein schlechtes Gewissen wegen meiner Panik. Die Welt ist wieder in Ordnung. Trotzdem vergesse ich durch diese Situation, dass ich eigentlich mit dir zum halben Jahr heute Sekt trinken wollte. Wir gehen mit einer Flasche Wasser aufs Zimmer.

Wir umarmen uns herzlich und fest, und ich sage, dass wir uns diese Woche ein halbes Jahr kennen. Du stellst erstaunt fest, wie schnell die Zeit vergangen ist. Ich gebe dir die Schokolade und den Flaschenöffner „Kellnerbesteck". Du bist begeistert, findest ihn wunderschön und sehr praktisch. Ich zeige dir seine Hebelfunktion.

Für dein Auto hast du inzwischen eine Feinstaubplakette. Ich sage dir noch mal, dass ich mir schon Sorgen wegen der fehlenden Winterreifen mache. Die möchtest du aber erst zum nächsten Winter anschaffen, vorläufig willst du alles Geld in die schnellere Abbezahlung stecken, damit das Auto dir gehört. Ich hoffe nur, dass du ein glückliches Händchen hast und der Winter mindestens immer dann Pause macht, wenn du herfahren musst.

Ich spreche den Wintereinbruch in NRW an und sage „der Winter ist noch nicht vorbei". Aber ich spüre, in diesem Punkt wirst du nicht auf mich hören. Ich frage nach meiner Mail, du hast sie noch nicht gesehen, weil du tagelang nicht nachgesehen hast. Du hast auch schon Texte zur Schulphobie im Internet gelesen. Dir ist klar, dass das Problem auch die Bezugsperson sein kann, dass du klammerst und behütest, je mehr sich dein Sohn löst. Aber es ist eigentlich schon so, dass deine Tochter sehr selbstständig ist und sich frei mit Freundinnen bewegt und verabredet. Das macht aus meiner Sicht große Hoffnung, dass das Problem bald gelöst sein wird.

dein Rücken ist schon wieder viel besser, möglicherweise war doch nichts ausgerenkt. Dann spreche ich an, dass du diese Woche deine Tage bekommst, du spürst es schon an der Spannung im Busen, aber heute haben sie noch nicht begonnen.

Dann frage ich, warum du am Freitag gefragt hast, ob ich Parfum benutze.

„Ich hoffe doch, dass mein Duft nicht unangenehm ist?"

„nein, gar nicht, aber ich rieche eben nie ein Parfum bei dir"

Ich frage dich dann nach deinem Parfum und dass ich es eigentlich nie direkt wahrgenommen habe, du riechst einfach gut, aber unauffällig. Das wundert dich, denn du wirst von anderen oft auf dein Parfum angesprochen. Ich frage dann nach deiner Parfumsorte und du zählst ein paar auf.

Du fragst wieder nach meiner Freundin, als würdest du dich direkt in unsere Beziehung hineinversetzen. Ich frage dich, warum du so interessiert daran bist.

„sie ist doch ein wichtiger Teil deines Lebens"

Aus deiner Bemerkung schließe ich wieder mal, dass du dich wirklich für mich und mein Leben interessierst, es ist dir nicht egal.

Alle unsere Gespräche sind wie immer begleitet oder unterbrochen von gegenseitigem Streicheln und Verwöhnen. Immer wieder streichelst du mich heute auch ganz besonders zärtlich. Ich empfinde es, als seien wir uns wieder noch näher gekommen. Als ich dich verwöhne, stellst du fest, dass ich meine Beine eingecremt habe. Es ist wieder wunderbar zu erleben, wie sehr du meine Verwöhnung mit Fingern und Mund genießt und erlebst. Später verwöhnst du mich sehr ausdauernd und zärtlich mit den Händen bis zu einem wunderbaren Abschluss. Du scheinst dich zu freuen, dass es dir so wunderbar gelungen ist.

Du bemühst dich heute, viel zu trinken, du hattest leichte Schmerzen im Unterbauch und meinst, es könnte vom wenig Trinken kommen. Du erinnerst dich, dass ich in deinem Alter deswegen Nierensteine hatte.

„Wasser ist langweilig auf die Dauer"

„Nächstes Mal nehmen wir Wasser und Sekt mit auf Zimmer"

„morgen gehe ich mit meiner Freundin schwimmen"

„mit der neuen Badehose?"

„ja, wohl"

Du bist sicher, dass sie es bemerken wird und wir reden darüber, dass Männer, mich eingeschlossen, oft Schwierigkeiten haben, Neues zu bemerken, ob Kleidung oder Frisur. Von unserem Einkaufsbummel und einigen Erzählungen weiß ich, dass du sehr gern Schuhe einkaufst.

Dann spreche ich dich auf letzten Freitag an, ob es dir so mit mir gefallen hat und du nicht bereut hast, nicht ins "Haus-nebenan" gegangen zu sein. Es hat dir sehr gut gefallen. Dann spreche ich davon, dass es mir natürlich schon gefällt, wenn du dich auf diese Weise vom "Haus-nebenan" und den anderen Männern lösen kannst. Du lächelst voller Verständnis.

Dann füge ich hinzu, dass ich richtig stolz auf dich bin, dass du diesen Weg gefunden und versucht hast, dich mit meiner

Unterstützung vom "Haus-nebenan", wenigstens ein bisschen, zu lösen. Du meinst erstaunt:

„stolz?"

„ja, du bist eine wundervolle Frau und ich bin stolz auf dich"

Dann erzähle ich, dass ich bei dir und meiner Freundin den gleichen Widerspruch in den Aussagen erkenne, dass ich einerseits manches ohne Rücksicht auf meine Frau machen, andererseits aber lieb sein soll zu ihr. Meine Rücksichtnahme in allem ist für mich ein Teil des Liebseins. Du siehst keinen Widerspruch, denn wenn ich auf alles verzichte, dann verzichte ich auf einen Teil meines Lebens, meiner Persönlichkeit. Das soll ich nicht, aber andererseits schon Dinge mit meiner Frau tun, die ihr gefallen.

„wenn du dich in deinen Angelegenheiten durchsetzt, dann macht dich das interessant, auch für deine Frau"

Damit verrätst du mir auf jeden Fall, wie ich für dich interessant sein könnte, mit einer eigenen Meinung eher als mit Nachgiebigkeit.

Ich erkläre dir wieder, wie schwer es ist, nett zu meiner Frau zu sein, denn alles was Kosten bedeutet, mag sie nicht, wie den von dir am Telefon vorgeschlagenen Cafe-Besuch. Du bist sehr betroffen und verwundert.

„was ist das für ein tristes Leben?"

Dann sage ich, dass es noch einen letzten Liebesdienst gibt, den ich meiner Frau erfülle. Du fragst ganz erstaunt zurück:

„Liebesdienst?"

„ja, ich kratze ihr fast täglich den Rücken mit den Fingernäglen, sie hat sehr unreine Haut, es tut ihr gut, andere Zärtlichkeiten gibt es allerdings nicht mehr"

Wir sprechen noch mal über deine Geschäftsidee, einen Club für Frauen einzurichten. Ich meine, es gibt da ja schon eine Möglichkeit für Frauen.

„ja, Callboys"

„ich dachte an Swinger-Clubs, da gehen ja auch Frauen allein hin, allerdings ist das Angebot an Männern nicht so jung und knackig"

Dann ergänze ich noch, dass es schon Angebotsprobleme in einem Club gäbe, denn ihr Frauen könnt drei-, vier-, sechsmal oder öfter aufs Zimmer gehen, aber bei einem Mann, auch bei einem jungen, ist sicher nach dreimal Schluss mit dem Stehvermögen. Du nickst.

Ich frage, ob du meine alte Mobile-Nummer noch hast, weil du keine SMS mehr an „deinHandy" schickst? Ja, du hast sie noch, was mir sehr wichtig ist wegen Übergang in den Ruhestand. Du meinst dann, ich hätte immer vom Diensthandy geantwortet, ich widerspreche, du hättest damit angefangen. Wir lachen. Aber ich sage, das sei egal, das Diensthandy hat sogar den Vorteil, dass ich es immer dabei habe. Als wir mit deinem Handy begonnen haben, wusste ich ja noch nicht, wie sich unsere Beziehung entwickelt und wie oft wir SMS austauschen oder sogar telefonieren. Ich erzähle, dass dein Handy einen Vorteil hat beim SMS-Schreiben, es ergänzt die Wörter und Floskeln sehr früh, während ich am Diensthandy zwar T9 zur Verfügung habe, aber alle Buchstaben eingeben muss.

Ich erzähle einiges zu meinen dunklen Gedanken über deine Freundin. Du antwortest sehr heftig

„was du über meine Freundin denkst, stimmt auf keinen Fall"

Du bist schon verwundert, wieviele Gedanken ich mir über alles mache. Ich erwidere, dass die Gedanken einfach da sind.

Für dich sind meine dunklen Gedanken schon eine Belastung.

Ich erwidere, dass du mir versprochen hast, nichts übel zu nehmen. Es soll dich nicht belasten, mich aber erleichtern. Und viele dunkle Gedanken liegen schon ein paar Wochen zurück, inzwischen hat sich schon wieder viel, zum Besseren, geändert, ist vieles klarer geworden, die dunklen Gedanken sind Vergangenheit, du darfst dir das nicht zu sehr zu Herzen nehmen.

Ich frage nach deinen Überlegungen zu nächster Woche und du meinst wie ganz selbstverständlich

„du wolltest doch übernachten, bleibt es dabei?"

Von deiner Seite gibt es also kein Zögern mehr, wie wunderbar.

Ich bestätige, dass ich will und auch zeitlich kann.

„gut, dann kümmere ich mich und buche"

Ich bin so glücklich.

Dein Sohn und deine Tochter haben mehrfach versucht, dich anzurufen. Du telefonierst dann auch mehrfach mit beiden und mit dem Babysitter und schweren Herzens mit deinem Ex. Ich habe das Gefühl, du suchst die ganze Zeit meine Nähe, meinen Beistand, weil du nicht aus dem Zimemr gehst, mich immer wieder zärtlich berührst und immer wieder fest meine Hand fasst. Die Kinder haben ihre Übernachtungspläne geändert, werden beide nicht zuhause sein. Du regelst noch das Gassigehen mit dem Hund, sagst dem Babysitter ab („die Kinder mögen sie nicht, sie ist nur meinetwegen da, damit ich keine Schwierigkeiten bekomme"). Beim Reden mit deinem Ex fällst du voll in Dialekt, was ich dir anschließend sage. Für mich ist diese Offenheit und Vertrautheit ganz wunderbar, du schließt mich nicht aus, ich darf alles über dich wissen. Du rauchst danach gleich nochmal zur Beruhigung und meinst, dass du viel lieber heim kommst, wenn die Kinder nicht da sind. Wenn sie da sind, hast du immer ein schlechtes Gewissen wegen der Rückkehr aus deinem zweiten, sündigen Leben. Allein findest du wieder leichter in den Alltag zurück. Dein Sohn möchte dich immer mal in deiner Bedienkleidung sehen und fragt nach einem Foto. Deine Tochter hat dir kürzlich ganz lieb ein paar Salami-Scheiben in deine Tasche gelegt. Da hattest du schon Panik, sie könnte etwas vom Inhalt der Tasche sehen oder dich danach fragen, zu den Schuhen und den Dessous.

Dann ist unsere schöne Zeit für heute schon wieder vorbei. Als ich dich frage, ob dich andere Stammgäste letzte und nächste Woche im "Haus-nebenan" nicht vermissen, meinst du
„Schon möglich, ich weiß es aber nicht, denn keiner kennt meine Telefonnummer, um mich zu fragen"
Das ist wieder ein so schöner Vertrauensbeweis mir gegenüber, ich könnte heulen vor Glück.
Dann gehen wir wie immer untergehakt zum Essen, du holst für uns beide einen O-Saft. Inzwischen ist deutlich weniger los als heute Mittag. Beim Essen erzähle ich dir spontan, dass meine Freundin damals auf meinen Antrag auch deshalb sehr heftig reagiert hat, weil ihr Vater die Familie wegen einer Jüngeren verlassen hatte, was sie ihrem Vater bis heute nicht verziehen hat. Ich bin mir nicht sicher, ob das jetzt eine gute Idee von mir war, das zu erzählen, schließlich bist du auch geschieden, auf dein Betreiben. Falls du deshalb gegenüber deinen Kindern hin und wieder ein schlechtes Gewissen hast, könnte ich das jetzt wieder bloßgelegt haben. Oder du willst umgekehrt diese Rolle der jungen Eindringenden bei mir auch auf keinen Fall spielen.
Dann bringst du mich wie immer zur Treppe, wir wünschen uns gegenseitig eine gute Fahrt und du versprichst, dich zu melden, wenn du daheim angekommen bist.

Heute übernachten die Enkelkinder bei uns. Ich bringe kurz meinen Sohn heim und diskutiere mit ihm die gemeinsame Umsetzung einer Geschäftsidee als Franchising.

Dann spiele ich noch kurz mit den Kindern.

Heute schlafe ich allein im kleinen Zimmer, habe aber keinerlei Anwandlung mit mir zu spielen. Heute bin ich einfach wohlig glücklich und schwebe in wunderbar ruhigen Gedanken an dich. Du hast mich heute auch ganz besonders einfühlsam zum Höhepunkt geführt. Oder habe ich das durch die gefühlte größere persönliche Nähe einfach intensiver empfunden?

Die Zeit rast, gerade erst empfanden wir beide unser 25. Treffen nach der langen Wartezeit noch als unwirklich, nun haben wir uns danach schon wieder sechsmal getroffen.

Auf jeden Fall nehme ich die Handys mit ans Bett. Um 1 Uhr wache ich auf mit dem schwachen Eindruck, etwas vom Handy gehört zu haben. Und es ist eine SMS da, allerdings von 0:30. Möglicherweise hat die Übertragung so lange gedauert, sonst hätte ich doch nicht jetzt, sondern vorhin etwas gehört: „Hallo lieber Fred bin fast ohne Regen gut angekommen. So jetzt aber ab ins Bett. Schlafe schön. Lg Pat". Ich bin so glücklich und beruhigt und schlafe den Rest der Nacht durch.

Morgens treffe ich mich mit meiner Freundin zum Schwimmen. Ich versuche, mich auf sie zu konzentrieren, aber du bist wie immer gegenwärtig. Es ist schon eigenartig, mit einer Frau zusammen zu sein, die ich nach wie vor sehr gern habe und trotzdem immer zu denken, dass ich jetzt lieber dich an ihrer Stelle bei mir hätte.

Vormittags schreibe ich dir: „Guten Morgen liebe Pat, danke ich war sehr beruhigt. Ich bin wirklich sehr glücklich, dass du für mich da bist, dass es dich gibt, dein Vertrauen, die Vertrautheit, deine Zärtlichkeit, danke. Ich umarme dich, ganz lg Fred".

Ich bin heute überhaupt nicht so niedergeschlagen wie sonst immer am Tag danach, endlich normalisiert sich meine Gefühlswelt, bei unverändert heftiger Sehnsucht nach dir. Gehirn und Herz haben begriffen, wie unsere Beziehung gestaltet ist, obwohl sich immer noch jedes Mal etwas in Richtung größere Nähe entwickelt, das Vertrauen, die Vertrautheit, das Zusammengehören werden jedes Mal noch größer. Und ich spüre genau, auch bei dir, es gibt ja auch immer wieder Hinweise von dir, dass unsere Beziehung etwas Besonderes ist.

Ich stelle wie schon mehrfach in den letzten Wochen fest, dass es kein kleines Teufelchen und Engelchen mehr gibt, selbst leichte dunkle Gedanken kann ich keinem mehr zuordnen, es ist völlig unklar, ob mir jetzt das Teufelchen zurät und das Engelchen warnt, denn eigentlich sind sie nicht da. Unsere Situation ist klar und wir genießen sie beide auf unsere Art den Umständen entsprechend. Mut macht mir dabei für die Zukunft, dass es von mal zu mal doch immer noch eine Steigerung zu mehr Zufriedenheit und Glück für mich in unserer Beziehung zu geben scheint.

Ohne wenn und aber, ohne Grübeln und Zweifeln beginnt unmittelbar die Vorfreude auf nächste Woche, wenn wir einen Nachmittag und am folgenden Tag eine Nacht zusammen sein wollen. Und ich werde dich zwischendurch, spätestens Freitag mal anrufen.

Ebenso wie gestern und vorgestern konzentriere ich mich heute zunächst auf meine Arbeit. Aber mittags halte ich es nicht mehr aus und schreibe endlich meine gestrigen Eindrücke nieder. Immer wieder schaue ich aufs Handy, ob du dich mal meldest, aber eigentlich gibt meine SMS dazu gar keinen Anlass. Ich bin eben hin und her gerissen zwischen einer schnellen Antwort von dir oder fein verteilten SMS mit Pausen, die mich immer wieder aus einer leichten Gefühlsdelle emporheben. Mein Herz ist so voller Sehnsucht nach dir. Andererseits bin ich nach wie vor sehr ruhig, kann arbeiten wie schon lange nicht mehr.

Als ich mit meinen Notizen fertig bin, stelle ich fest, dass wir genau vor 24 Stunden aufs Zimmer gegangen sind, ein Siebtel der Wartezeit ist rum, noch 140 Stunden bis zum Wiedersehen.

Meinen ursprünglichen Plan, mal wieder zum Tantra zu gehen, wenn ich 7 Tage auf dich warten muss, gebe ich endgültig auf. Ich werde nicht gehen, ich bin in einer so guten Stimmung, in einem Hochgefühl deinetwegen, dass ich wirklich gar nichts anderes will. Ich befinde mich in einem sehr befriedigten, sehr zufriedenen Zustand, ich habe keinen Bedarf auf sexuelle Betätigung. Einerseits vielleicht weil du mir diesmal einen wirklich so wunderbar befriedigenden Höhepunkt beschert hast, aber auch durch die Klarheit in unserer Beziehung.

Lieber träume ich von dir und spare mir außerdem das Geld. Ich hätte es nie für möglich gehalten, dass mir soviel Zurückhaltung eines Tages gelingen wird. Du hast mich so unglaublich verändert.

Auf der Fahrt zum Babysitting denke ich wieder an dich, es ist genau 24 Stunden her, dass wir uns wieder trennen mussten. In sechs Tagen treffen wir uns wieder im Club und in sieben Tagen treffen wir uns wieder für eine Nacht, es ist so wundervoll.

In dieser Nacht wache ich sehr oft auf und bin jedes Mal in Gedanken sofort bei dir.

Morgens auf der Fahrt zur Arbeit spiele ich eine Rosenstolz-CD mit „Lass es Liebe sein", und sofort ist es passiert, ich muss hemmungslos weinen, dicke Tränen laufen über mein Gesicht. Aber ich spüre in meiner insgesamt ruhigen Verfassung, dass es keine Tränen der Verzweiflung, der Traurigkeit mehr sind, sondern einfach nur der Romantik. Reines Glück kann es nicht sein, denn dazu fehlt doch noch so viel, es ist eben eher die Freude, dass wir uns so nahe gekommen sind, aber ein bisschen natürlich auch die romantische Sehnsucht nach dem letzten

Schritt, dass wir uns endlich richtig küssen und auch du mich lieben könntest.

Mit und in mir laufen eigenartige seelische Veränderungen und Entwicklungen ab. Jahrelang habe ich darüber nachgedacht, dass meine Frau wegen ihrer Alkoholexzesse früh sterben wird und war mir klar geworden, dass sich meine Trauer in Grenzen halten würde. Ich fand das schon schäbig und hatte durchaus immer auch ein schlechtes Gewissen. Aber der Gewinn der persönlichen und finanziellen Freiheit hat geleuchtet. Das wurde begleitet von dem Gedanken, dann eine passende Partnerin zu suchen und zu finden, einmal fürs Tanzen, aber natürlich auch für die lange vermissten Streicheleinheiten. Aber natürlich habe ich noch nicht gesucht, nur darüber nachgedacht. Immer wieder flackerte auch ein bisschen die Angst auf, das würde alles so nicht kommen, weil ich vorher an Krebs sterbe, denn Unglück und Unzufriedenheit sind ein Wegbereiter dieser Krankheit.

Dann habe ich dich kennengelernt. Dann kam die Verzweiflung, dass ich dich ohne meine finanzielle Freiheit wieder verliere, aber gleichzeitig die Hoffnung, dich als Partnerin gewinnen zu können. Damit verstärkte sich wieder der unselige Wunsch nach einem krankheitsbedingten baldigen Tod meiner Frau. Doch jetzt machen meine Gedanken eine Kehrtwende. Finanzielle Unabhängigkeit wäre prima, aber wenn du gar nicht bereit wärest, meine Partnerin zu werden, wenn ich frei wäre, dann würde mir eine Beziehung zu dir wie im Moment wahrscheinlich nicht mehr genügen. Mindestens müsstest du bereit sein, meine Tanzpartnerin zu werden.

Wenn das nicht gelänge, dann müsste ich ja nach einer anderen Tanz- oder gar Lebenspartnerin suchen, neben dir. Aber das kann ich nicht, das will ich nicht. Du bist das Ziel meiner Wünsche, meiner Sehnsucht. Und darum muss ich eigentlich hoffen, dass der derzeitige Zustand möglichst lange stabil so anhält, muss mir wünschen, dass meine Frau noch möglichst lange lebt. Die finanzielle Seite muss ich natürlich dringend lösen, denn die ist noch nicht stabil. Darum werde ich verstärkt meine Geschäftsideen verfolgen, und mit einem Buch und meiner Franchise-Idee habe ich mich ja bereits auf den Weg gemacht.

Auf jeden Fall sind derzeit alle Vorüberlegungen verscheucht, mich finanziell zu strecken durch Einschränkungen unserer Begegnungen. Ich habe alle vorsorglich gekürzten Termine im Kalender wieder eingetragen. Ich will und kann unser Zusammensein nicht einschränken, würde es lieber eher ausweiten. Ich bin mir im Moment auch sicher, dass ich das finanziell packen kann, ich mache mir da weniger Sorgen als noch Ende letzten Jahres als ich dir Einschränkungen bereits angekündigt habe. So denke ich jetzt ganz gewiss nicht mehr.

Durch die eingetretene Klarheit zwischen uns ist zweierlei geschehen. Zum einen sind alle immer wieder aufflammenden Zweifel über deine Zuneigung und die Besonderheit unserer Beziehung beseitigt. Ich glaube dir endgültig, verstärkt durch etliche kleine Bemerkungen während unseres letzten Treffen, dass ich eine besondere Beziehung zu dir habe und nicht nur einer von mehreren „gleichen" Stammgästen bin.

Zum anderen scheint leider klar, dass nie oder jedenfalls nicht in absehbarer Zeit aus der geschäftlichen Beziehung eine wirklich private Beziehung wird. Es gibt bestenfalls eine leichte positive Vermutung, dass du dich zwar mindestens aus Vernunft zu diesem Verhalten zwingen musst und möglicherweise mit dem Herzen doch mehr für mich empfindest. Aber das werde ich wohl nie erfahren. Leichte dunkle Gedanken betreffen jetzt höchstens die Angst, du könntest doch auf einen mindestens ebenso sympathischen, aber reicheren Gast treffen oder gar deinem Traumprinzen begegnen. Aber diese Gedanken haben nichts mit deinem besonderen Verhalten, der besonderen Art unserer Beziehung zu tun, denn Partnerwechsel kann immer und überall passieren, auch in einer privaten Beziehung.

Diese ganze Klarheit und das glückliche Gefühl, von dir auch gemocht zu werden, beschert mir diese Ruhe, dieses Wohlgefühl, dieses sanfte Glück.

Es hat eben doch eine schöne Zeit für uns begonnen, so wie ich es eigentlich immer wollte und erhofft hatte. Jetzt bin ich wieder in der Lage, ins normale Leben einzuschwenken. Daher arbeite ich wieder intensiver und beginne daheim auch wieder mit Basteln.

Du hast dein normales Leben nicht verlassen, seit wir uns kennen. Aber ich bedeute wohl doch trotzdem eine größere Veränderung für dich. Du hast meine tiefe Zuneigung, ja meine Liebe gewonnen und verlässt dich inzwischen schon auf meine Zuneigung, was durchaus ein Risiko ist. Aber du hast Vertrauen zu mir, das spüre ich. Ich habe mit Sicherheit dein Einkommen erhöht und auf einem hohen Niveau stabilisiert. Du hast dafür auch, verbunden mit deinem Vertrauen zu mir, erste Schritte zur Lösung vom "Haus-nebenan" gemacht. Es erhöht sicher außer durch das Geld auch in anderer Weise ganz wesentlich deine Lebensqualität, wenn du dich nicht mehr mit so vielen, oft fremden Männern einlassen musst. Dafür bist du mir vielleicht auch ein bisschen dankbar und mir tut das natürlich auch sehr gut.

Im Gegensatz zu deinem kaum veränderten, sondern eher verbesserten Leben hatte es mich völlig durcheinander gewirbelt, ich konnte mein bisheriges Leben kaum noch, oder nur noch wie im Nebel führen. Das kommt nun wieder in ruhigere Bahnen, allerdings mit ganz anderen Risiken. Ich marschiere in eine zunehmende finanzielle Belastung und ich habe nicht die absolute persönliche Zärtlichkeit gefunden, die ich so dringlich ersehne, wie einen richtigen Kuss von dir. Mit einer sehr gegensätzlichen finanziellen Situation leben wir also jeder unser Leben weiter und genießen unsere Beziehung, unsere Treffen, unsere Gespräche, unsere Zärtlichkeit. Und deshalb bin ich wirklich glücklich. Wenn es so noch lange bleibt, dann habe ich mit dir viel, viel mehr gewonnen als ich je zu hoffen gewagt habe. Zusätzlich wird ein kleines Fünkchen Hoffnung weiterleben, dass sich unsere Beziehung doch weiter entwickelt, du mir irgendwann doch einen richtigen Kuss gibst oder dich sogar in mich verliebst und wir ganz privat irgendwann ein richtiges Paar werden, spätestens wenn deine Kinder erwachsen sind. Werde ich sie vorher schon mal kennenlernen? Vielleicht als dein Tanzpartner?

Egal was passiert, ich werde die Hoffnung niemals aufgeben.

Jedes mal, wenn ich dir jetzt ein Küsschen auf deine ruhig empfangenden Lippen gebe, denkst du mit Sicherheit wie ich an meine entsprechende Frage. Vielleicht arbeitet es ja in dir, doch mal nachzugeben. Ich habe das Gefühl, dein leichtes Lächeln und dein erwartungsvolles Stillhalten dazu signalisieren auch deine Neugierde, ob ich noch mal frage oder es einfach versuche. Aber ich werde dich niemals bedrängen oder gar überrumpeln.

Ich habe mich so an dich gewöhnt, du gehörst so selbstverständlich zu meinem Leben, ich sehe dich ständig deutlich vor mir, wenn ich nicht bei dir bin. Ich fühle mich so wohl, wenn ich bei dir bin, mich an dich kuscheln kann, dich betrachten kann, dein Gesicht streicheln darf. Deinen Körper kenne ich so genau wie keinen. Es ist so wunderbar, wie du meine Zärtlichkeit annimmst und genießt. Ich möchte unser Zusammensein nie wieder missen. Deshalb heißt „gewöhnt" auch nicht etwa nachlassendes Interesse. Ganz im Gegenteil, meine Sehnsucht, dich wieder zu treffen, die Vorfreude, das Kribbeln im Bauch haben eher noch zugenommen. Aber Gewöhnung heißt in meinem Fall, dass ich von dem glücklichen Gefühl getragen werde, dass wir jetzt zusammengehören, die Ängste und Zweifel verflogen sind und mein Vertrauen in dich und deine Zuneigung umfassend ist.

Jedes Fältchen (verzeih mir diese ehrliche Benennung, es sind wirklich nur wenige und sie unterstreichen deine Schönheit) in deinem Gesicht, an deinem Körper ist mir so vertraut. Es ist so wunderbar, wenn du vor oder neben mir liegst, wenn wir uns anschauen oder umarmen. Jedes Mal darf ich mehrere Stunden bei dir sein, welch ein Genuss und Glück, aber dann leider immer die Qual, meistens über 160 Stunden wieder geduldig und nur mit Bildern im Kopf mich sehnen zu müssen. Dieses sehnsüchtige Warten erhält natürlich auch die Spannung aufrecht, damit wird die Gewöhnung nie zum Abstumpfen meiner Gefühle führen. Aber auch wenn wir im normalen Alltag miteinander leben würden, würde die Gewöhnung nicht zur Abstumpfung führen. Da bin ich mir ganz sicher. Natürlich ist ständige Nähe auch immer eine Prüfung, aber du kannst dir meiner Gefühle, Zuneigung und Liebe immer sicher sein. Ich habe noch nie zuvor einen Menschen so geliebt, war einem Menschen in Gedanken und Gefühlen nie so nah wie dir.

Während ich dieses am Arbeitsplatz denke, schaue ich mal wieder auf die Uhr, bald sind schon zwei Tage rum und nur noch fünf vor mir, bis wir uns wiedersehen. Ein bisschen sehne ich mich nach einem Zeichen von dir, aber ich werde mich bis morgen gedulden mit Anrufen. Natürlich würde ich dich am liebsten jeden Tag anrufen, aber ich werde mich zurückhalten mindestens bis du zum ersten Mal mich angerufen hast. Vielleicht wird sich unser Telefonkontakt wie alles andere bisher auch langsam steigern und dann ganz normal sein. Meine Sehnsucht danach und die Versuchung sind groß, aber ich beherrsche mich schweren Herzens, denn ich möchte dich auch nicht wieder an einem Stress-Donnerstag erwischen oder deshalb nicht erreichen. Ich hoffe natürlich sehr, dass ich dich morgen erreiche und du Zeit für ein Gespräch hast, obwohl die Kinder noch Ferien haben.

Nach dem Laufen, Schwimmen und Frühstücken mit meiner Freundin versuche ich dich auf der Fahrt zur Arbeit anzurufen. Aber leider gehst du nicht ran. Zunächst hoffe ich, du bist nur gerade im Bad. Immer wieder horche und schaue ich sehnsüchtig, ob ein Anruf oder eine SMS von dir kommen. Aber bis mittags rührt sich leider nichts. Diesmal ist wohl der Freitag ein schlechter Tag und gestern wäre erfolgreicher gewesen. Aber auch heute bin ich viel ruhiger als die letzten Wochen in entsprechender Situation. Es gibt keine eifersüchtigen Gedanken mehr darüber, was du gerade ohne mich tust, sondern ich nehme einfach an, dass du etwas mit den Kindern unternimmst oder andere Dinge erledigst, eben dein Leben lebst und bin voller Vertrauen, dass du zu den versprochenen Terminen wieder für mich da bist. Warum soll ich noch in Panik verfallen bei so viel positiven Signalen von dir.

Allerdings würde ich dich natürlich gern erreichen, tiefe Sehnsucht strahlt von meinem Herzen aus, und ein bisschen mache ich mir immer Sorgen, etwas könnte bei dir nicht in Ordnung sein. Aber ich weiß, dass das völlig überzogen ist. Ruhe, Vertrauen und ein wohliges Glückgefühl sind absolut vorherrschend.

Ich überlege, ob es mir gelingen könnte, ein Gedicht oder wenigstens einen schönen Prosa-Text für dich zum Valentinstag zu schreiben und mache mich sofort daran, Formulierungen aufzuschreiben.

Als ich dann nachmittags allein im Büro bin, versuche ich noch einmal, dich anzurufen. Du gehst ran, ich bin selig. Du hast gestern spontan beschlossen, dein Wohnzimmer zu renovieren, und jetzt bist du fast fertig. Du bestätigst mir, dass du gern renovierst, aber den Dreck hasst. Aus deiner Formulierung beim Erzählen glaube ich herauszuhören, dass dir eine männliche Person geholfen hat. Ich verscheuche sofort jeden Anflug von Eifersucht. Es ist doch wunderbar, dass dir so viele helfen, was du natürlich auch deiner Schönheit und deinem Charme zu verdanken hast. Ich könnte dir derartige Hilfe doch gar nicht anbieten, also will und muss ich dir diese Bekannten gönnen, mich sogar darüber freuen, dass du Hilfe hast. Und einen alleinigen Anspruch auf dich habe ich nicht, werde ich auch nie haben und ich würde dich auch nie abschotten, dann wärest du nicht mehr du und das würdest du dir mit Recht auch gar nicht gefallen lassen. Ich frage dich, ob an unserem letzten Trefftag alles mit den Kindern geklappt hat. Hat es, aber es sei stressig gewesen, das dürfe nie wieder vorkommen. Ich frage nach, ob deine Tage wie von mir vermutet begonnen haben

„ja, heute".

Das sei blöd, fügst du hinzu, wahrscheinlich mit Blick auf die nächste Woche.

Ich erzähle dir, dass meine Freundin die neue Badehose sofort bemerkt hat, wie du vermutet hast.

„sie gefällt ihr, die hast du gut ausgewählt"

„haben wir gut ausgewählt"

Du fragst, ob ich tanzen gehe und ich sage, dass alle vier Tage von heute bis Montag Tanzen angesagt ist.

„das bringt dir ja auch Spaß"

„ja, aber es könnte noch schöner sein...und was bringt dir viel Spaß?"

Du bist sofort wieder beim Thema Renovierung und Neues anschaffen. Um die Übernachtung am 13./14. willst du dich heute Abend oder Morgen kümmern. Du wirst dich bei mir melden.

Wir verabschieden uns mit „wir hören uns" und du wünscht mir viel Vergnügen beim Tanzen.

Deine liebe, freundliche Stimme, die Zeit, die du dir wieder für mich nimmst, das ganz normale Gespräch, ist alles wunderbar. Ich bin wieder ganz besonders glücklich nach diesem Gespräch. Ich kann mich wieder voll auf das Tanztraining abends konzentrieren.

Vor dem Einschlafen habe ich großen Bedarf mit mir zu spielen und komme sehr schnell, allerdings mal wieder zu einem inversen Orgasmus. Dabei habe ich mir vorgestellt, dass du mir gegenüber liegst und mich zuschauen lässt, wie du dich ebenfalls selbst befriedigst.

Am nächsten Morgen beginnt endlich wieder die zweite Halbzeit. Beim Aufwachen sind außer glücklichen Gedanken an dich auch die Sorgen um meine Finanzen gegenwärtig. Bisher hast du nur einen Teil meiner Ausgaben selbst bekommen, weil du viel abgeben musstest. Du wirst in Zukunft einen hören Anteil bekommen, das freut mich natürlich, aber das Ansteigen des absoluten monatlichen Betrags für mich macht mir natürlich schon Sorgen. Ich darf die Finanzierung meines Autos nicht aus dem Blick verlieren und die Abnahme meiner Rücklagen darf meiner Frau nicht auffallen. Das treibt mich bei aller Ruhe doch ein wenig um. Aber dann gewinnt wieder der Gedanke Vorrang, zunächst mal zu genießen und erst an den Ernstfall zu denken, wenn er eintritt. Vielleicht tritt er ja nie ein. Der schlimmste Grund wäre natürlich, dass du aufhörst, dich mit mir zu treffen.

Jetzt sind es noch 76 Stunden bis zum Wiedersehen. Ich bin ständig an dem Text zum Valentin, er gefällt mir immer besser. Ich werde ihn natürlich mit Füller für dich schreiben.

Es war überhaupt nicht schwer, es hat mich keinerlei Überwindung gekostet, nicht zum Tantra zu gehen. Du hast mich unglaublich verändert. Ein Zeichen von Normalität ist andererseits aber auch, dass ich ganz selbstverständlich jetzt wieder regelmäßig die englischen Porno-Kurzgeschichten lese, ohne dass mich das zu sexuellen Aktivitäten animiert. Das Denken an dich, die Zusammenkünfte mit dir erfüllen alle meine Bedürfnisse, mehr als jemals vorstellbar.

Vor 23 Stunden haben wir telefoniert, in 72 Stunden fahre ich zu dir. Ich habe solche Sehnsucht nach dir, mit dir zu reden, dich in die Arme zu nehmen, dich zu streicheln, dich zu verwöhnen und natürlich von dir gestreichelt und verwöhnt zu werden. Aber ich bin wieder tiefer im Alltag als seit Monaten, ich arbeite in Haus und Garten, ich lese wieder mehr und intensiver.

Abends ist Tanzparty in der Tanzschule angesagt. Das Tanzen, die Unterhaltung mit allen Bekannten lenken mich ein wenig ab.

Ich hatte wegen der Planung für nächste Woche gehofft, dass du dich noch am Samstag bei mir meldest. Aber leider kommen kein Anruf und keine SMS von dir. Trotzdem bin ich erstaunlich ruhig.

Am Sonntag hast du dich bis mittags immer noch nicht gemeldet. Ich bin weiterhin sehr ruhig und vertraue dir einfach.
Ich feile an dem Text zum Valentin. Ich mache mir ein wenig Sorgen, dass du diese deutliche Liebeserklärung ablehnst oder zurückweist, dass du dich belastet fühlst. Ich überlege, wie ich dich beruhigen kann. Ich möchte dir meine Gefühle ganz offenbaren, du sollst wissen, was ich für dich empfinde, was du mir bedeutest. Aber ich werde dir auch sagen, dass du dir keine Sorgen machen sollst. Ich verbinde damit keine Erwartung, ich will dich nicht bedrängen und es soll dich nicht belasten. Ich möchte einfach nur Offenheit und Ehrlichkeit, ich möchte, dass du weißt, wie ich über dich und uns denke und fühle. Ich bin den Umständen entsprechend wirklich glücklich.
Immer wieder habe ich in den letzten Wochen deine „Haus- nebenan"-Termine weit im Voraus in meinem Kalender eingetragen und mir für die ungünstigen Tage Ausreden gegenüber meiner Frau vorüberlegt. Und wieder ist jetzt plötzlich alles ganz anders. Wir werden uns voraussichtlich in den meisten Fällen außerhalb treffen, möglicherweise an anderen Tagen und zu anderen Zeiten.

Nachmittags auf der Fahrt zum Tanztee ist wieder dieses intensive Gefühl, dass ich um diese Zeit in genau zwei Tagen auf dieser Strecke zu dir fahre.

Abends buche ich eine Bahnkarte fürs Wochenende und kündige meinem Vater meinen Kurzbesuch an. Er freut sich sehr. Wenn der wüsste, dass er das eigentlich nur dir zu verdanken hat.

Ich schicke dir wie vorgenommen eine SMS: „Liebe Pat, ich hoffe du hattest ein schönes Wochenende und schicke diesen Gruß in ungeduldiger Vorfreude auf bald. Ich wünsche deiner Tochter und dir einen problemlosen Start in die erste Woche nach den Ferien. Schlafe gut und träume nett… von mir :-) Küsschen, Fred".

Bereits nach wenigen Augenblicken ist deine Antwort da: „Danke, W.Ende war anstrengend Streichen und Großputz. Schlafe schön bis bald. Lg Pat".

Ich bin wieder selig, dass du so schnell geantwortet hast, meine Ruhe und mein Vertrauen sind wieder bestätigt.

Klar, dass du dich bei dem häuslichen Großeinsatz nicht vorher gemeldet hast. Hoffentlich hast du unsere Übernachtung dabei nicht vergessen oder findest kurzfristig noch etwas.

Plötzlich wird mir allerdings klar, dass du dich ja nicht aus Zuneigung oder nur aus Zuneigung um ein solches Treffen kümmerst, sondern für dich geht es um viel Geld und die mögliche

Abwesenheit vom "Haus-nebenan". Das wirst du ganz sicher regeln und nicht vergessen.

Ich beende die Formulierung der Liebeserklärung, die ich dir zum Valentinstag geben möchte, und beginne, sie mit Füller zu schreiben.

Als ich in der nächsten Nacht einmal kurz wach bin, muss ich sofort wieder über meine Situation und unsere Beziehung nachdenken. Wenn du dich nicht wegen anderer Lebensplanung irgendwann von mir trennst und unsere Beziehung weiter rein kommerziell bleibt, dann werde ich zwangsläufig irgendwann aus finanziellen Gründen die Beziehung beenden müssen. Und wenn ich ganz ehrlich in mich hineinschaue, dann weiß ich, dass es so kommen wird. Wäre es dann nicht vernünftig, bald alles zu beenden? Aber ich will gar nicht vernünftig sein, ich will die jetzt begonnene schöne Zeit mir dir so lange wie möglich genießen und es bleibt immer noch ein Hoffnungsschimmer, dass sich doch alles wieder anders entwickelt in unserem Leben. Vielleicht gibt es neue finanzielle Aspekte oder deine Zuneigung wächst und unserer beider Lebensplan und Lebensweg lässt uns doch zusammen kommen. Ich will so oft und lange wie möglich mit dir zusammen sein, mit der ehrlichen ganzen Wahrheit nur ganz hinten im Hinterkopf. Ich bin nach wie vor sehr ruhig, ich fühle mich einfach gut. Heute beginnt natürlich wieder die leichte Aufregung der Vorfreude auf Morgen.

Bis mittags habe ich noch nichts von dir gehört. Ich bin schon ein wenig traurig, dass du dich nicht bei mir meldest und habe doch langsam Zweifel, dass es mit der Übernachtung etwas wird. Nach einer Sitzung rufe ich dich dann am frühen Nachmittag an. Du meldest dich sofort mit deiner lieben Stimme. Du bist gerade mit deiner Freundin beim Einkaufen. Wieder vergesse ich, einen Gruß zu bestellen. Heute Morgen war es wieder sehr schlimm mit deiner Tochter, du nennst es einen Marathon, du hast sie zur Schule gefahren (schlecht) und du wirst sie jetzt doch auf einer anderen Schule anmelden (sehr schlecht). Aber als du meinst, dass sei deine letzte Hoffnung, an die du dich klammerst, halte ich mich zurück mit meiner Meinung. Dann frage ich nach dieser Woche, ob ich die Ankündigung daheim aufrechterhalten kann und du sagst, es klappt alles prima. Ich bin so glücklich und erleichtert.

Heute wirst du mit den Renovierungs- und Putzarbeiten fertig. Ich frage, ob du immer genug getrunken hast, du gibst etwas kleinlaut zu, meistens zu wenig. Dann bist du an der Supermarktkasse, die ich piepsen höre. Du meinst, du müsstest mich jetzt abhängen. Wir verabschieden uns gegenseitig mit „dann bis Morgen". Wie immer nach einem Gespräch mit dir ist die Welt in Ordnung, alle Nebel haben sich aufgelöst. In 24 Stunden bin ich bereits bei dir.

Ich bleibe den Rest des Tages weiter sehr ruhig, panische Befürchtungen wie in der Vergangenheit gibt es nicht mehr. Nur eine steigende, aufgeregte, aber dabei doch ruhige Vorfreude. Nach dem Tanztraining sind es noch 17 Stunden bis ich zu dir fahre. Ich schlafe in dieser Nacht sehr gut.

Der Tag der Tage ist endlich wieder da. Nach dem Aufwachen denke ich ständig über die Schulphobie deiner Tochter nach.
Im Büro bin ich zunächst allein und schreibe eine neue Fassung des Textes zum Valentin mit Füller.
Dann schicke ich dir eine SMS: „Guten Morgen Pat, eine gute Fahrt. Bis nachher, in aufgeregter Vorfreude, lg Fred".
Heute Vormittag arbeite ich wirklich intensiv, einmal denke ich plötzlich, ich würde unseren Termin möglicherweise fast vergessen, wenn er nicht im Kalender stände. Aber das ist nicht wirklich wahr, denn ich träume ja zwischendurch immer, bin also in Gedanken immer bei dir. Es ist eher wieder so, dass wir in meinem Tagtraum schon beisammen sind und sich daher fast das reale Treffen als unnötig im Unterbewusstsein einnistet. Aber ab Mittag zähle ich dann doch fast die Minuten, fahre pünktlich los und bin kurz vor 15 Uhr an der Theke. Erst schweift mein Blick vergeblich suchend. Als sich gerade Enttäuschung breit machen will, sehe ich dich hinter der Theke. Du schaust auch zu mir und gehst dann zum Kaffeeautomaten. Wir setzen uns nach inniger Begrüßung auf die Polster.
Ich frage voller Sorge nach deiner Tochter und gebe meine Hinweise zur negativen Auswirkung des Schulwechsels auf ei-

ne Schulphobie. Du berichtest aber ganz begeistert und hoffnungsvoll davon, dass sich deine Tochter sehr auf den Schulwechsel freut, sie bei Freunden aus der Umgebung ist und früher Schulschluss hat. Du bist sicher, dass das jetzt die richtige Entscheidung war und ich wünsche dir das von ganzem Herzen.

Ich frage nach deiner Renovierung und stelle fest, dass du dich gern schön einrichtest. Du zeigst mir auf dem Handy Bilder von vorher/nachher. Es ist wirklich nett geworden. Du hast deiner Freundin die Couch abgekauft. Du freust dich sehr über die Renovierung und bist sehr stolz darauf, wie du das alles alleine schaffst. Ich stimme dir zu, dass du darauf auch wirklich stolz sein darfst.

Wir gehen mit einer Flasche Wasser aufs Zimmer, legen uns nebeneinander auf den Bauch und reden weiter.

Dein Rücken sticht immer noch ein bisschen, aber deiner Meinung nach nicht mehr so schlimm.

Ich spreche an, dass du eigentlich immer gerade mit deiner Freundin zusammen bist, wenn ich anrufe und dass ich jedes Mal vergesse, sie grüßen zu lassen, das sei nicht nett von mir. Du lachst fröhlich zustimmend und meinst, du wirst mich nächstes Mal daran erinnern. Du bestätigst, dass du viel mit ihr zusammen bist. Ich sage dir wieder, dass ich nach wie vor eifersüchtig auf sie bin.

Sie hat zunehmend Probleme mit ihrem Freund, weil er extrem eifersüchtig ist.

„man kann doch stolz sein auf eine hübsche Partnerin und muss nicht zornig sein, wenn sie angeschaut wird"

Das bestätige ich dir. Bis auf weiteres wird sie wohl doch nicht zu ihm ziehen, sie hat auch gerade ihre Wohnung renoviert. Ich frage nach ihrem Einkommen, falls sie sich von ihrem Freund trennt, der sie jetzt wohl aushält. Sie wird dann wohl auch wieder hier arbeiten müssen.

„sie ist doch älter als du und hat dir einen Vorwurf wegen deines Alters gemacht?"

Du findest dich viel zu alt neben all den jungen Frauen, schämst dich auch, dass du offenbar nichts aus deinem Leben gemacht hast. Ich sage wieder mal nachdrücklich, dass ich diesen Beruf überhaupt nicht Schämens wert finde, weil ihr die Männer wirklich glücklich macht und dass Ihr doch offensichtlich immer noch mehr Erfolg hier habt als manche Junge. Du bestätigst das. Aber dein Alter macht dir trotzdem Sorgen. Du erzählst, dass du nach einer zufälligen Begegnung, dann bei einer wohl nicht mehr zufälligen Begegnung an deinem Wohnort von jemandem angesprochen wurdest, mal mit ihm essen zu gehen. Du hast abgelehnt und ihn schließlich abgewiesen mit der Behauptung, dass du liiert bist.

„obwohl er mich doch nie mit einem Mann sieht"

„dann müssen wir zwei uns wohl doch mal in deinem Wohnort zusammen sehen lassen"

Der andere ist wohl vermögend, denn er hat ergänzt „"…du hättest ein schönes Leben bei mir…"". Aber er scheint dir sehr unsympathisch zu sein, Geld kann das nicht aufwiegen.

„wenn jemand das ausdrücklich erwähnt hat er wohl sonst nichts zu bieten"

Ich sage dir nicht, dass das die typische Aussage eines Mannes ist, der seine Partnerin in einen goldenen Käfig steckt, so wie ich es bei meiner Tochter erlebt habe.

Ich empfinde diese Erzählung als ein sehr großes Kompliment für mich. Wolltest du mir damit auch zeigen, dass du mich wirklich magst und dass du dich nicht nur für Geld mit jedem extern einlässt? Der Gedanke macht mich sehr glücklich.

Wir reden ein wenig über das Thema Eifersucht und ich erzähle dir von dem Zeitungsartikel über eine Untersuchung, dass der Eifersüchtige innerlich die Beziehung schon beendet hat und sich mit der Eifersucht gegen das aus seiner Sicht Unabwendbare noch einmal wehrt.

Du fragst wie immer auch nach meiner Freundin und ich erzähle auch noch mal, wie erstaunt ich war, dass sie gleich meine neue Badehose entdeckt hat.

Du fragst wie es daheim läuft, du bist sehr daran interessiert, dass ich mich um meine Frau bemühe und ich erzähle ein bisschen von meinen Bemühungen und den Problemen.

Ich streichle dich ausführlich, heute auch mal wieder ganz intensiv am Kopf und im Gesicht und dann den Rücken. Du magst dich gar nicht umdrehen, bist ganz entspannt, sagst mir wie du es genießt. Dann aber lässt du dich doch von vorn streicheln und verwöhnen und liebkost mich dabei auch ganz sanft mit den Händen.

Ich verwöhne dich mit Händen, Fingern, Mund und Zunge und du gibst mir auch ganz offen Hinweise, wie du es gern hättest.

Dann trinken wir erst mal was, du hast am Wochenende kaum getrunken, versprichst mir aber, dich zu bessern.

Danach fragst du, was uns Männern eigentlich an der Muschi gefällt. Spontan kann ich es gar nicht sagen, was den Reiz ausmacht, dann versuche ich es aber. Es ist das Aussehen, das Anfühlen, das Liebkosen, die Frage, was der Frau besonders gefällt. Ich spreche von den großen Unterschieden in der Form, gerade auch bei den äußeren Schamlippen. Du bist erstaunt, du hast eigentlich noch nie andere aus der Nähe gesehen. Ich frage gegen, was Euch Frauen am Schwanz gefällt und reizt und du sprichst über die Unterschiede auch beim Hoden. Dir sind beschnittene Schwänze am liebsten. Da bin ich ja froh. Ich frage dich, wie Frauen, wie du das Einführen des Schwanzes empfinden. Du meinst, das sei sehr schön, sicher entsprechend wie wir Männer das empfinden. Da keimt dann doch wieder ganz leicht in mir der Wunsch auf, doch mal Viagra zu nehmen, denn ich möchte zu gern richtigen Verkehr mit dir haben.

Dann sprichst du auf meine umfangreiche Erfahrung beim Aussehen der weiblichen Scham an und wir reden über Bordelle,

Prostitution und Straßenstrich. Ich erzähle dir dann, auch auf deine Fragen, ein bisschen über die Reeperbahn und Umgebung. Ich sage dir, dass Herbertstraße und Straßenstrich nie mein Fall waren, schauen ja, aber nicht nutzen.

„ein bisschen Niveau muss schon sein"

Dann rede ich wieder darüber, dass ich jetzt gar keinen Bedarf mehr nach Abwechslung habe, was ich mir vor einem halben Jahr nicht hätte vorstellen können.

„ich komme ja nicht mehr wegen Sex, sondern wegen dir her. Also gehe ich auch nicht mehr woanders hin und nicht mehr mit einer anderen aufs Zimmer"

So sehr habe ich mich durch dich verändert.

Du berührst mich heute immer wieder ganz besonders liebevoll und zärtlich. Auch deine Blicke sind so voller Liebe, du hältst auch ganz bewusst meinen Blicken stand, es ist wundervoll. Über zärtliches Streicheln beginnst du dann auch mich ausdauernd und wundervoll zu verwöhnen mit einem heftigen Ergebnis, wie du auch anerkennend feststellst. Ich bedanke mich.

„wenn ich mich nicht bedanken soll, dann musst du es auch nicht"

Das ist eine schöne Aussage, wir verwöhnen uns also ausgleichend und gern gegenseitig. Es ist ganz selbstverständlich zwischen uns wie zwischen zwei Liebenden. Einmal fragst du wieder, ob ich eigentlich immer oder oft die Frauen auch geleckt habe. Ich antworte dir, dass da schon viel Vertrauen und Nähe

vorhanden sein muss, wirklich sehr große Sympathie. Ich habe es hin und wieder gemacht, aber eher selten. Ich finde es auch oft zu intim, wenn die Frauen sofort mit tiefen Küssen beginnen. Das ist mir oft unangenehm. Bei dir würde ich es mir aber so sehr wünschen.
Danach trinken wir wieder was. Du fragst, ob ich heute auch richtig gearbeitet habe. Ich bestätige es dir, fast hätte ich den Eindruck gehabt, ich würde unsere Verabredung vergessen. Du lächelst.
„das sei doch schön, wenn deine Mitarbeiter merken, dass wieder Zug drin ist"
Ich erzähle dir, dass ich am Wochenende mit der Bahn zu meinem Vater fahre und dass er sich sehr freut. Das hat er eigentlich dir zu verdanken.
Ich streichle dir noch mal ausführlich den Rücken. Dann ist unsere Zeit schon wieder rum. Als du so nackt vor mir stehst und noch mal was trinkst, schaue ich bewundernd deine wunderbare Figur an.
„du hast die Figur eine jungen Mädchens, darüber kannst du dich nicht nur freuen, darauf kannst du auch sehr stolz sein"
Du bedankst dich lächelnd.
Dann gehen wir runter, bei der Abrechnung steckst du mir die Hoteladresse zu. Dann gehst du noch kurz ins Büro, danach gehen wir zum Essen. Du holst für beide einen O-Saft. Du trinkst jetzt doch immer brav, jedenfalls wenn ich dabei bin.

Du hast dich über die Mitarbeiterin im Büro geärgert. Sie besorgt dir immer verbilligt Parfum, aber heute mal wieder das falsche. Du bist in solchen Situationen immer richtig zornig, was du mir auch bestätigst. Aber irgendwie bist du dabei für mich ganz besonders liebenswert.

Dann bringst du mich wie immer zur Treppe und wir verabschieden uns zärtlich mit „Bis Morgen".

Auf der Heimfahrt fällt mir siedend heiß ein, dass Morgen Mittwoch ist und ich mich noch nicht mit meiner Freundin abgesprochen habe. Immerhin bin ich wieder in der Lage, nach einem Zusammensein mit dir auch wieder daran zu denken. Vor ein paar Wochen war mir das noch unmöglich.

Ich kann meiner Freundin allerdings nur Schwimmen und Frühstücken anbieten, denn ich möchte wegen dir nicht so früh aufstehen und muss dann zeitig in eine Besprechung.

Nachts um 1:45 gehe ich zum Schreibtisch und finde deine SMS von 1:14 „Gute Nacht lieber Fred, bis später, gehe jetzt ins Bett, drücke dich". Ich gehe sehr beruhigt wieder schlafen.

Am nächsten Morgen freue ich mich ganz unglaublich auf den Abend. Nach dem Schwimmen und Frühstücken mit meiner Freundin eile ich zum Arbeitsplatz. Dann stelle ich fest, dass die Besprechung schon vor einen halben Stunde begonnen hat. Trotzdem schreibe ich dir noch eine SMS: „Guten Morgen Pat, du hattest ja eine kurze Nacht. Ich wünsche dir einen angenehmen Tag auch wegen und mit deiner Tochter. Bis dann lg Fred".

Nach mehreren Telefonaten mit meiner Freundin kann ich um 16:15 endlich losfahren. Ein Stau hält mich zunächst auf, aber es wird wohl reichen. Ich fahre kurz auf einen Rastplatz und nehme mein Haarteil ab. 17:55 komme ich am Hotel an. Gerade habe ich geparkt, da rufst du mich an. Du kommst sozusagen gleichzeitig, ich sehe dich gleich anfahren. Wir checken ein und parken unsere Autos um vors Hotel.

Als du die Anmeldung ausfüllst, sehe ich, dass du Linkshänder bist. Auf dem Zimmer fragst du, ob wir noch in die City gehen wollen. Ich stimme zu. Du fragst, ob ich fahren will. Ich halte es aber für zu Fuß erreichbar, du widersprichst nicht. Wir sind uns auch einig, dass wir den Parkplatz am Straßenrand nicht verlieren wollen. Auf einem Umweg sind wir nach einem längeren Fußmarsch in der City. Du hast auch einen flotten Schritt drauf. Du berichtest dann von der Umschulung deiner Tochter und dass eigentlich alles gut geklappt hat. Sie ist fröhlich heimgekommen und war mittags schon wieder frech zu dir. Ich meine dazu, dass das eben in dem Alter langsam anfängt, das darf sie schon ein bisschen sein. Außerdem soll sie sich abnabeln. Ihre vielen Freunde und Aktivitäten lassen schon hoffen, dass es keine (reine) Schulphobie war.

Du zögerst, an roten Ampeln stehen zu bleiben, du seist sehr ungeduldig. Mir zuliebe bleibst du aber stehen und lachst.

In der City spreche ich Amy Winehouse an und dass wir doch nach einer CD schauen können. Du bist begeistert. Du fragst Passanten nach einem Musikgeschäft. Im zweiten haben wir dann Erfolg und kaufen uns beide die CD „back to black". Als ich anbiete, auch deine zu bezahlen, meinst du ganz energisch „das kann ich schon selbst". Das hätte ich mir denken können. So energisch und selbstbewusst gefällst du mir sehr.

Als wir im Kaufhaus an Packungen mit Kaffeebohnen für Kaffeeautomaten vorbeilaufen meinst du lachend

„willst du die nicht schon mal mitnehmen"

Wir lachen beide. Du hast so einen sanften, feinfühligen Humor, es berührt mich einfach immer wieder sehr, wie du an mich und mein Leben denkst und dann solche Anspielungen dazu machst.

Du hast deinen Lidschatten vergessen und möchtest einen kaufen. Einen dm-Markt finden wir nicht, also kaufst du einen anderen als den gewohnten in einem anderen Markt.

Ich sage, wie nett ich es finde, mit dir diese Stadt zu erkunden, und erzähle, wie ich eine andere erkundet habe, als ich immer meine Freundin dorthin zum Seminar gefahren habe.

Dann gehen wir essen, wir bestellen beide eine Pizza, du bestellst noch ganz leckere Tintenfischringe dazu und lässt mich naschen. Auf meine Mahnung hin wegen Trinken bestellst du zusätzlich zum Kaffee noch ein großes Apfelschorle. Ich stelle fest, dass du auch sehr schnell isst, so wie ich. Du findest es normal.

Ich erzähle vom Schwimmen mit meiner Freundin und dass ich in eine hochrangige Sitzung zu spät gekommen bin, aber dass ich hohes Ansehen fachlich und auch wegen Zuverlässigkeit genieße, jeder nimmt einen wichtigen Grund an, wenn ich zu spät komme und alle freuen sich, dass ich teilnehme. Da darf das dann schon mal passieren.

Ich erzähle noch, dass ich früher häufig mit meiner Freundin essen gegangen bin, das aber sehr nachgelassen hat, auch wegen ihrer Arbeitszeit, bedingt durch das Studium. Du fragst nach meiner Arbeitszeit und ob ich sie mir frei einteilen kann und wann der Standort abends zumacht. Ich erzähle dir von der allgemeinen Gleitzeit und dass ich persönlich mir meine Zeit völlig frei einteilen kann. Das findest du schon toll.

Dann machen wir uns auf den Rückweg, etwas direkter, aber es ist trotzdem ein längerer Marsch. Dabei haben wir beide eine recht gute Orientierung, so dass wir uns gegenseitig ergänzend sehr zielsicher am Hotel ankommen. Auf dem Zimmer umarmen wir uns noch mal ganz herzlich und lange und drücken uns gegenseitig zärtlich. Ich bin selig über diese zweite gemeinsame Nacht. Es kommt ein Anruf von deinem Ex, er streitet sich mit deiner Tochter. Du ärgerst dich sehr und hast Angst, er könnte mal die Betreuung ablehnen. Ich beruhige dich, das kann er bei gemeinsamem Sorgerecht nicht. Ich gehe zuerst ins Bad. Als ich zurückkomme, rauchst du am Fenster eine Zigarette, ich stelle mich daneben und umarme dich liebevoll. Dann schaue ich dich mit Brille an, wie vorher angekündigt. Du windest dich ein wenig.

„dann kannst du alle Falten sehen"

„ja, wenn da welche wären"

necke ich dich. Aber wir sind uns natürlich einig, dass da welche sind und ich sage dir, dass die mit Sicherheit nicht stören, gerade nicht die Lachfalten. Wir necken und lachen, es ist eine schöne Situation.

Du hast wieder eine Flasche Wein und Salzgebäck dabei. Du lässt mich die Flasche mit dem neuen Korkenzieher öffnen. Du hast angenommen es sei Rotwein, es ist aber trockener weißer Burgunder. Er schmeckt dir nicht, ist zu herb. Ich erzähle dir von dem grauen Burgunder, den ich für eine Bekannte im Keller habe, ich werde ihn nächstes Mal mitbringen. Du stimmst zu. Für dich ist es also genauso selbstverständlich wie für mich, dass wir bald mal wieder eine Nacht miteinander verbringen. Diese Erkenntnis fühlt sich ganz wunderbar an.

Wir sprechen darüber, dass ich wieder ein bisschen im normalen Leben angekommen bin. Du bist sehr froh darüber und schaust mich so unglaublich lieb an.

„du hast dich auch verändert. Seit es sich für mich normalisiert hat wirkst du viel lockerer auf mich"

Wieder schaust du mich so lieb und offen an.

„wir sind uns ja auch immer vertrauter"
Was für eine wunderbare Antwort, du empfindest es also auch wie ich und du scheinst dich darüber auch zu freuen, dass wir beide ganz selbstverständlich mit unserer Beziehung in dieser Form leben. Wir schauen ein wenig fern. Du liegst auf dem Rücken, also streichle ich dich von vorn und verwöhne dich mit Händen, Fingern, Mund und Zunge. Heute brauchst du etwas länger, kommst dann aber ganz besonders heftig, es ist ein großer nasser Fleck auf dem Betttuch, den wir mit einem Handtuch abdecken. Du meinst dann, dass dein Rücken gar nicht gestreichelt wurde.
„das holen wir nachher nach"
Zunächst streichelst du mich und gehst langsam wie immer zum Verwöhnen über. Deine feste aber zärtliche Hodenmassage, deine immer wieder hinauszögernde Verwöhnung mit den Fingern bringen mich schließlich zu einem unglaublich schönen Höhepunkt. Dann streichle ich deinen Rücken. Als wir nebeneinander liegen streichle ich dir zärtlich Gesicht, Hals und Rücken. Du wirst immer entspannter, ich glaube du bist sogar in den Schlaf geglitten. Ich mache den Fernseher aus, du bist gleich wach, wir trinken noch einen Schluck Wein, dann legen wir uns schlafen.
Zweimal bin ich nachts kurz wach, es ist so hell im Zimmer, dass ich dein entspanntes Gesicht anschauen kann und ich höre dein leises Atmen. Ich bin sehr glücklich und zufrieden neben

dir. Als ich endgültig wach bin, schaue ich dir wieder beim Schlafen zu bis dein Handy-Alarm los geht. Dann kuschel ich mich an dich und presse mich auch ein wenig mit meinem festen Glied an dich und streichle dir Rücken und Kopf, du berührst mich zärtlich mit deiner Hand und streichelst ganz zart. Es ist ein unglaublich schöner Moment größter Nähe. Du drehst dich auf den Rücken, ich streichle deine Brüste und dein Gesicht, du intensiv meine Oberschenkel. Schließlich traue ich mich und führe deine Hand zu meinem Hodensack. Du machst es bereitwillig mit und massierst fest meine Hoden. Ich sage dir dann, dass du es noch fester machen darfst, was du dann auch tust. Es ist so schön, wie du meine geheimsten Wünsche ohne Zögern erfüllst.

„du machst es so wunderbar als würdest du es selbst direkt spüren, du hast ein großes Einfühlungsvermögen"

Dann drehst du dich auf die Seite und ich kuschle mich von hinten fest an dich mit meinem Gesicht an deinem Nacken. Dann fließen mir dicke Tränen über die Nasenflügel, ich versuche das Schluchzen zu vermeiden, weil ich dich nicht belasten will. Irgendwie habe ich den Eindruck, dass dir im Moment auch gerade etwas schwermütig zumute ist und du dich deshalb weggedreht hast, und möglicherweise spürst du sehr genau was gerade mit mir passiert.

Dann gebe ich dir mein Geschenk zum Valentin. Du bist überrascht. Du vermutest im Umschlag eine Karte

„mit Füller geschrieben?"
„ja, es ist aber ein umfangreicher Text"
Du machst ihn auf und siehst die zwei Seiten Text.
„da hast du aber eine schöne Schrift, das lese ich später"
Ich gebe dir den Hinweis, dass ich dort sehr ehrlich meine Gefühle für dich aufgeschrieben habe. Dann packst du das Feuerzeug aus. Du freust dich sehr, wohl auch über meine Bemerkung, dass es ein Zeichen von mir sein soll, dass das Rauchen ganz allein deine Entscheidung ist. Du freust dich dann auch ganz besonders, dass es ein Sturmfeuerzeug ist und über das Design. Es war also ein Volltreffer. Ich habe dir wirklich eine Freude gemacht. Du probierst es gleich aus und zündest dir eine Zigarette an.

Du erzählst, dass du mich einmal nachts gar nicht gesehen hast, weil ich ganz unter meiner Decke vergraben war. Du hast also zur mir geschaut und warst auch besorgt. Das zu hören ist ein ganz wunderbares Gefühl.

Jetzt bin ich natürlich gespannt, wann und ob du was zu meiner schriftlichen Liebeserklärung sagst:

Unsere gemeinsame Nacht zum Valentinstag,
der gemeinsame Blick auf die morgendliche
Mondsichel am Nikolaustag,
beide Erlebnisse werde ich sicher niemals vergessen.
Ich möchte mich am liebsten mit dir gemeinsam

immer wieder daran erinnern.
Ich liebe dich.
Wir sind uns in diesen
romantischen Augenblicken so nah.
Niemals werde ich dieses Gefühl
inniger Zweisamkeit vergessen,
den Rest der Welt gibt es dann für mich nicht mehr.
Ich liebe Dich.
Ich wünsche mir und hoffe, dass auch du immer wieder
gern an diese Augenblicke zurückdenkst,
dich vielleicht wie ich danach sehnst
und wir noch viele weitere solche wunderschönen
gemeinsamen Erlebnisse unendlicher Nähe
miteinander haben können und werden.
Ich liebe dich.
Du bist sehr selbstbewusst, charmant, liebenswert,
sehr hübsch, interessant und interessiert,
einfach eine wunderbare Frau.
Mein Sehnen, mein Herz, meine Gedanken,
meine Träume sind immer bei dir,
ich möchte dir immer und in allem beistehen,
beistehen dürfen.
Ich liebe dich.
Wir haben beide grenzenloses Vertrauen zueinander
und wir sind sehr vertraut miteinander.

Du gibst mir Geborgenheit.
Du hast im Laufe der Zeit immer mehr
Nähe zugelassen.
Deinen makellosen Körper durfte ich kennenlernen
wie keinen anderen.
Jede Stelle ohne Ausnahme
betrachte ich immer aufs neue liebevoll
und berühre dich mit wohligen Schauern.
Ich liebe dich.
Ich habe dir mehr über mich erzählt
als jemals einem anderen Menschen.
Du sagst das umgekehrt auch von dir.
Meine Zuneigung wird nie versiegen,
du kannst dich immer auf mich verlassen.
Ich liebe dich.
Ich habe mit und in dir so viel gefunden,
nach dem ich so lange gesucht habe.
Ich bin dir so dankbar für dein Vertrauen,
deine Nähe, deine Zärtlichkeit, deine Ehrlichkeit
und dein Interesse für mein Leben,
meine Sorgen und meine Pläne.
Nach langer Zeit kann ich durch dich wieder sagen,
ich lebe.
Ich liebe dich.
Ich träume davon, dass unsere Zweisamkeit

noch inniger wird und immer bestehen bleibt
und hoffe, dass es bleibende Gemeinsamkeiten
zwischen uns gibt, immer geben wird.
Für mich wird niemals die Hoffnung enden,
eine doch noch wachsende Zuneigung
von deiner Seite zu erleben.
Ich liebe dich.

Wir liegen noch ein bisschen nebeneinander während du rauchst. Dann sagst du plötzlich
„Letztes Mal war auch ein Mittwoch, vor Nikolaus"
Ich freue mich, dass du dich auch daran erinnerst.
Du gehst zuerst ins Bad. Danach ruft dich deine Tochter an. Sie ist kurz heimgegangen. Du machst dir Sorgen wegen der Nachbarn und dass deine Tochter darauf kommen könnte, dass du gar nicht Arbeiten bist, weil der Hund daheim ist, den du sonst mitgenommen hättest. Ich versuche dich zu beruhigen. Beim Anziehen zeige ich dir noch mal, wie man einen Schlips bindet. Du schlägst dann vor, dass wir nicht noch einmal aufs Zimmer gehen, sondern das Gepäck gleich mitnehmen. Du sitzt mit niedergeschlagenem, abgewandten Blick auf dem Bett. Diese Haltung erinnert mich daran, dass ich dir ja noch das Geld geben muss. Ich gebe es dir, du steckst es in deinen Geldbeutel, ohne mich anzusehen. Dann stehst du auf, umarmst mich und bedankst dich.

„Das ist nun mal so zwischen uns, es muss dir nicht unangenehm sein und ich muss nicht trennen zwischen dem fälligen Geld und dass ich dich sehr gern mag"

Ich gebe dir noch ein Küsschen auf die Wange. Plötzlich meinst du erschrocken

„jetzt hast du was von dem Parfum, das duftet lange und stark, du musst es auf jeden Fall mehrmals mit Seife abwaschen, sonst merkt es deine Frau"

Dann gehen wir zum Frühstücken. Wir sitzen uns gegenüber und ich schaue dich immer wieder liebevoll und voller Sehnsucht an. Plötzlich lächelst du und wie stellen gleichzeitig fest, dass ich jetzt doch schneller als du gegessen habe.

Du erzählst, dass du gleich noch den Hund Gassi führen musst.

„Ist es recht, wenn ich dich von meinem Vater aus mal anrufe?"

Du stimmst zu. Dann erinnere ich dich daran, dass ich bei meinem letzten Aufenthalt dort Ende September mit den Notizen über uns angefangen habe. Auf der Bettkante sitzend habe ich ein paar Din-A4-Seiten beschrieben.

Dann erzählst du mir, dass du heute noch nach H. fahren willst, um deine permanente Lippenfarbe auffrischen zu lassen mit einer kräftigeren Farbe.

„eigentlich wollte ich es dir gar nicht erzählen, ich war gespannt, ob du es überhaupt bemerken würdest"

Jetzt bin ich natürlich sehr glücklich über dein Vertrauen und dass es dir offenbar wichtig ist, dass ich es weiß und es mir

auch gefällt. Ich bin gespannt. Dann begleitest du mich noch zu meinem Auto und wir verabschieden uns noch mal mit
„bis nächste Woche".
„grüße deinen Vater von mir"
„vielleicht tue ich es"
Wir lachen beide bei dem Gedanken.
Auf der Rückfahrt wechseln sich Nebel und Sonne ab. Ich fahre kurz auf einen Rastplatz, um mein Haarteil wieder aufzusetzen. Während der Fahrt höre ich die neue Amy-Winehouse-CD an
Bis H. habe ich freie Fahrt, aber das Navi signalisiert mir mit einer späten Ankunftszeit ein Problem. Bei H. beginnt ein Stau, das Navi leitet mich raus und durch H. durch. Das gibt es doch gar nicht, ausgerechnet heute, wo du nach H. fährst, fahre ich dort durch.
Gleich nach meiner Ankunft auf dem Firmenparkplatz rufe ich dich noch vom Auto aus an, um meine Ankunft zu melden. Du bist gerade einkaufen. Ich erzähle dir vom Stau bei H. und diesem Zufall, du musst auch lachen. Auch du hast mit Begeisterung die Amy-CD angehört. Ich wünsche dir eine gute Fahrt und eine erfolgreiche Session in H. Du musst dich dann dem Einkaufen widmen und sagst noch ganz lieb
„ich bin gespannt, wie es dir gefällt!"
Das ist dir also wirklich wichtig. Das macht mich sehr glücklich.

Heute fällt das Arbeiten schwer, ich bin in Gedanken bei dir.
Das Heimfahren fällt mir heute sehr schwer, viel lieber würde ich zu dir fahren, das Herz ist schwer, die Sehnsucht ist gewaltig. Im Dezember hat mich deine massive finanzielle Forderung umgetrieben und Unruhe verursacht. Heute ist es völlig klar und selbstverständlich, dass ich dir das Geld gebe und gönne und deshalb steht wieder nur der Wunsch im Vordergrund, wieder bei dir zu sein, diese Sehnsucht verursacht nun die Unruhe.
Ich habe den ganzen Nachmittag an deine Lippen-Session gedacht und wie es dir wohl ergeht.
Abends schicke ich dir voller Ungeduld und Mitgefühl, denn du hast sicher Schmerzen, eine SMS: „Hallo liebe Pat, ich hoffe du bist wohlbehalten zurück, dir geht es gut und du bist mit dem Ergebnis zufrieden. Gute Nacht, ich umarme dich fest und zärtlich. Ganz liebe Grüße, Fred". Nach zehn Minuten kommt deine liebe Antwort: „Bin zurück es tut aber noch ganz doll weh. Ich wünsche dir einen schönen Abend. Drücke dich". Ich bin beruhigt und wünsche dir mit ganzer Gedankenkraft rasch nachlassende Schmerzen und eine einigermaßen Nachtruhe.
Beim Einschlafen laufen ein paar Tränen, aber ich bin gleich in tiefem Schlaf.

Als ich einmal nachts aufwache und am nächsten Morgen auf der Fahrt zum Schwimmen mit meiner Freundin spüre ich wieder diese große Unruhe, das Warten bis zum nächsten Treffen fällt so schwer. Ich bin in Gedanken nur bei dir, mein Atem geht schwer. Unter der Dusche träume ich wieder, dich gleich in die Arme nehmen zu können. Statt nachher in eine Besprechung zu gehen, würde ich lieber von dir träumen. Ich verlasse die ganztägige Sitzung mittags und befasse mich mit meinen Notizen, insbesondere auch deshalb, weil ich drei Tage weg fahre und dann keine Möglichkeit habe, daran zu arbeiten.

Nachmittags bin ich allein im Büro. Das passt so wunderbar, weil ich dich heute Nachmittag unbedingt anrufen will. Nach einer halben Stunde rufe ich dich an und erreiche dich sofort. Du sprichst mit so lieber Stimme, aber du bist wieder mal beim Einkaufen. Trotzdem reden wir eine Zeit lang und in aller Ruhe. Die Schmerzen deiner Lippen haben sehr nachgelassen und werden Morgen vorbei sein. Du bist mit dem Ergebnis zufrieden. Du fragst nach Tanzen heute, ich erwidere, dass heute nichts ist und deshalb wegen meiner Bahn-Fahrt ein tanzfreies Wochenende bevorsteht. Wir wünschen uns gegenseitig einen schönen Tag und ein schönes Wochenende. Ich sage noch, dass ich mich sehr auf das nächste Treffen freue und schon sehr gespannt auf deine Lippen bin.

„das ist ja bald, jetzt fährst du erst mal zu deinem Papa, und vergiss nicht ihn zu grüßen"

„ich werde es in Gedanken tun"

Mir geht es so gut nach diesem Gespräch. Deine Stimme, deine Nähe haben so ungeheuerliche positive Wirkung auf meine

Stimmung. Jetzt sind es noch genau vier Tage bis zum Wiedersehen. Davon werde ich drei unterwegs sein. Als jemand ins Büro kommt, stelle ich fest, dass ich dein Foto auf dem Bildschirm offen habe, ich kann es gerade noch schließen. Ich betrachte dein Bild so gern und war etwas leichtsinnig, weil ich allein im Büro war. Aber ich muss leise lachen, ich schmunzle den Besucher zu seinem Erstaunen an. Der Gedanke, beim Betrachten deines Bildes erwischt zu werden, stimmt mich eher lustig als erschrocken.

Am nächsten Vormittag im Zug träume ich. Eigentlich ist unsere Beziehung für mich so ideal. Denn aus familiären Gründen könnte ich doch gar keine Geliebte haben, mit der ich mich häufiger als jetzt mit dir treffe.
Andererseits habe ich trotz oder gerade wegen des vielen Geldes, das ich dir gebe, das Gefühl, dass ich dich und deine Situation ausnutze.
Aber aus meiner Sicht schenke ich dir das Geld, denn kaufen möchte ich dich nicht. Echte Zuneigung, Nähe und Zärtlichkeit kann man auch nicht kaufen. Ich liebe dich und hoffe deshalb, dass du trotz unserer kommerziellen Beziehung auch etwas Zuneigung für mich empfindest, es auch nicht vorrangig als Bezahlung, sondern als Unterstützung ansiehst, dich deshalb nicht nur ausgenutzt vorkommst und wir irgendwann aus dem Kom-

merziellen doch ins Private wechseln können und auch beide wollen.

Und wieder mache ich mir klar, dass ich nicht über die ferne Zukunft nachdenken sollte, sondern das Jetzt mit dir genießen möchte. Du hast dir nie die Zwischenkontakte wie Anrufe oder SMS verbeten, sondern sogar auch immer mal wieder den ersten Schritt gemacht oder sehr lieb reagiert. Also trennst du bei mir doch nicht vollkommen zwischen kommerziell und privat. Das ist wunderbar. Und so wie es jetzt ist, ist es für uns beide wahrscheinlich im Moment die beste Lösung.

Als der Zug sich deinem Wohnort nähert, schicke ich dir eine SMS: „Guten Morgen Pat, mein ICE hält gerade in ... Da muss ich mich einfach melden. Ich hätte dich so gern hier bei mir. Ich wünsche dir einen schönen Tag. Mit vorsichtigem Küsschen liebe Grüße, Fred".

Du antwortest eine Stunde später: „Hallo Fred ich wünsche dir eine angenehme Fahrt. Begleite dich in Gedanken, umarme dich ganz lieb. Pat".

Und mir ist wieder klar, dass du ja gar nicht hättest antworten müssen und auch nicht mit dieser zärtlichen Formulierung.

Manchmal möchte ich schon gern wissen, ob auch du dich wirklich auf unsere Treffen freust, auch darauf, von mir gestreichelt und verwöhnt zu werden. Oder tust du es ohne jede Sehnsucht nur mir zuliebe oder sogar nur rein kommerziell, der Kunde ist König? So sehr wünsche ich mir deine echte, starke

Zuneigung, und dass du dich auf mich freust. Und ich träume, wie ich, nachdem ich von dir verwöhnt wurde, statt „danke", was du nicht mehr hören möchtest, sage „bitte gib mir einen Kuss". Und ich bin dabei voller Erwartung, ob du dabei doch endlich diese Grenze überschreitest.

Im Zug lese ich dann das Buch „unverdächtig".

Als ich bei meinem Vater angekommen bin, erinnere ich mich wieder ganz intensiv daran, wie im beim letzten Besuch hier Ende September mit den Notizen begonnen habe, weil ich mich in dich verliebt hatte. Hier und jetzt bin ich mir daher meiner Liebe zu dir ganz besonders sicher, hier spüre ich sie ganz besonders intensiv. Die Gesellschaft, die ich meinem Vater leiste, damit er mal wieder jemandem zum Reden hat, lenkt mich nicht wirklich ab davon, nur an dich zu denken. Ich grüße ihn „unbekannterweise" von allen Bekannten, denen ich von meinem Besuch bei ihm erzählt habe und meine damit natürlich nur dich.

Abends sitze ich auf der Bettkante wie damals und schreibe an den Notizen. Ich denke voller Liebe und Sehnsucht an dich ohne jedes Grübeln und Zweifeln.

Ich finde nach wie vor, dass du sehr stolz auf dich sein kannst, auf dich als hübsche Frau, als wunderbarer und liebenswerter Mensch, und darauf wie du dein Leben mit den Kindern meisterst und darauf wie du das Beste für uns aus unserer Beziehung machst.

Ich bin deshalb auch stolz auf dich. Und ich bin stolz, weil du mir diese Nähe zulässt, ich diesen Platz einnehmen darf, um den mich sicher viele Männer beneiden. Ja, ich bin stolz, dass ich es sein darf neben dieser wunderbaren Frau. Ich bin dir unendlich dankbar dafür und für das Glück, das du mir gibst, und dass du meine Liebe zulässt.

Ich übernachte allein im kleinen Zimmer. Das hat bisher immer Selbstbefriedigung bedeutet. Aber ich habe gar kein Bedürfnis mehr dazu. Ich träume von dir und deinen zärtlichen Berührungen beim nächsten Treffen, die mich sicher wieder zum Wahnsinn treiben werden. Die Vorfreude ist besser als jede Spielerei. Die Vorfreude ist allein schon bei dem Gedanken ungeheuer, dass wir einander zärtlich in den Armen liegen, uns nur berühren. Sexuelle Aktivitäten sind schön, aber gar nicht mehr ausschlaggebend dafür, dass die Begegnung mit dir alle anderen sexuellen Wünsche ersetzt.

Heute um 24 Uhr ist Halbzeit.

Am nächsten Vormittag fiebere ich danach, dich endlich anzurufen. Dann tue ich es am frühen Nachmittag. Du bist sofort mit fröhlichem Hallo dran. Diesmal habe ich dich wirklich mal wieder allein erwischt und wir können sehr ruhig und lange miteinander telefonieren. Du willst dich heute noch mit einer langjährigen Freundin treffen. Es tut mir so gut, mit dir zu telefonieren, du bist so lieb und gegenwärtig, wie du mich behutsam, lieb und interessiert befragst nach meinem Tag und Befinden. Da lodert nicht nur meine Liebe auf, da glaube ich auch Liebe von deiner Seite zu spüren, mindestens wirklich ehrliche Zuneigung. Ich frage dich, ob du ans Trinken gedacht hast, du lachst leise, nein hast du vergessen. Deine Kinder sind gerade außer Haus, so können wir wirklich ungestört reden. Wir sprechen über das schöne Wetter und du fragst, ob mir bei meinem Vater langweilig ist, was ich bestätige. Wir sprechen über meine Rückfahrt und dass dann auch der nächste Tag schon vorüber ist und dann endlich wieder Treff-Tag.

Nach unserem Gespräch telefoniere ich noch mit meiner Freundin und versuche sie fröhlich und lieb für ihre Klausur aufzubauen und nicht merken zu lassen, dass ich in Gedanken bei dir bin.

Danach kann ich mich wieder ganz meinen Träumen hingeben. Ich denke darüber nach, ob die bekannten Frauen im Club den neuen Mädchen sagen „der geht nur zu Pat" und alle darüber nachdenken „was hat die, was bietet die?". Ich muss bei diesen Gedanken schmunzeln. Und sie werden nie darauf kommen, dass es diese wunderbare Frau Pat als Mensch ist, in dich ich mich verliebt habe. Daran kann niemand etwas ändern, ich selbst auch nicht.

Dann träume ich, wie ich mit dir über meine Liebe rede und dass ich nichts anderes mehr will und du sagst dann „du wirst es noch mal wissen wollen und dann wieder zu anderen Frauen gehen" NEIN. Letztes Jahr habe ich es offenbar noch einmal wissen wollen, deshalb habe ich meine Clubbesuche so gesteigert. Dadurch habe ich wie durch ein Wunder dich getroffen und damit etwas bekommen und erlebt, was ich überhaupt nicht für möglich gehalten habe. Jahrzehntelange unerfüllte Sehnsüchte sind plötzlich erfüllt, es ist nicht nur ein dritter, vierter oder sonst was für ein Frühling, nein ganz im Innern ist es mein erster. Ich brauche das andere nicht mehr, jedenfalls nicht, solange du für mich da bist. Sollten sich unsere Wege doch wieder trennen und ich wieder allein sein, dann werde ich mich wahrscheinlich irgendwie wieder vergnügen und trösten, aber nie wieder in dieser Intensität und auch nicht auf der Suche nach der Erfüllung meiner Sehnsüchte. Unsere Beziehung wird für immer etwas Besonderes für mich bleiben, ich werde nichts anderes mehr wollen. Darum hoffe ich mit jedem Tag stärker, dass wir zusammen bleiben.

Mir wird klar, dass ich mit dir und durch dich jetzt ein unglaublich aufregendes Leben führe. Bis letztes Jahr war es bestenfalls unruhig, aber nicht aufregend. Ich habe eine Familie mit interessanten Lebenswegen der Kinder, eine Freundin, mit der ich in vielem sehr intensiv verbunden bin, ich habe das Tanzen, Bastelhobbys, Lesen, ganz besonders aber unsere Begegnungen, die Liebe zu dir und noch die nach wie vor sehr interessante Arbeit, die ich derzeit vernachlässige, und viele Pläne mit Büchern, Vorträgen, Veranstaltungen. Wie viele Menschen leben schon so intensiv und sind so voller Pläne und sind so glücklich wie ich deinetwegen.

Wie wird der Ruhestand sich gestalten, wie wird sich dann unsere Beziehung gestalten? Wie denkst du darüber? Wie sind dann meine Möglichkeiten, wie viel Freiheit kann ich mir nehmen ohne meine Frau zu sehr zu verletzen?

Am nächsten Tag schicke ich dir bei der Abreise aus der Bahn eine SMS: „Moin, moin Pat, ich reise jetzt ab bei typisch nördlichem Smuddel Wetter. Guten Start in die Woche, Küsschen, Fred".

Nach wenigen Minuten kommt deine Antwort: „Ja Hallo Fred ich grüße dich aus dem sonnigen …. Wünsche dir eine gute Fahrt. Drücke dich ganz lieb. Pat".

Als ich in deinem Wohnort bin, schicke ich dir natürlich wieder eine SMS: „Hallo liebe Pat, da bin ich wieder auf der Durchreise durch …. Schönen Abend. Bis morgen gleicher Ort, gleiche Zeit. Ich freue mich wie immer riesig. Fühle dich zärtlich umarmt, Kuss und Gruß, Fred".

Diese Woche hatten wir tatsächlich täglich Kontakt, so intensiv war das noch nie. Ich hoffe, ich habe es nicht überzogen.

Ich muss mir abgewöhnen, soviel an die Zukunft zu denken und denke an deine Antwort zu deinen Sozialversicherungen

„…ich denke nur an heute, deshalb reicht eine Krankenversicherung…".

Trotzdem würde ich natürlich zu gern wissen, ob du dich auch noch mit einem oder mehreren anderen Stammgästen so wie mit mir triffst. Vielleicht immer gerade dann, wenn du dir keine Zeit nimmst, auf meine SMS zu antworten? Ich will dir nicht Unrecht tun und es würde mir natürlich gefallen, wenn nur ich so von dir behandelt werde, dir näher sein zu dürfen als andere. Aber wir müssen wohl beide kein schlechtes Gewissen haben, weder ich wenn ich es dir grollend zutraue, noch du, wenn du es machen würdest. Es ist nun mal dein Job, du musst an deinen Lebensunterhalt, an deine Kinder denken. Wie könnte ich dir das jemals übelnehmen? Aber ganz tief drinnen keimt unablässig der Wunsch, der Traum, dass ich irgendwann der Einzige für dich bin. Ich wundere mich wieder, mit welcher Gelassenheit ich inzwischen solche Gedanken verfolge. Ich schwebe in einem wunderbaren Gefühl, dass du für mich da bist und ich für dich da bin. Alles, was du zulässt will ich voller Dankbarkeit und Glück genießen. Ich bin wirklich unendlich glücklich und dankbar, dass es dich gibt, dass es dich für mich gibt.

Während ich an dich denke habe ich plötzlich ein wunderbares Gefühl, weil ich dir helfe, nicht mehr im "Haus-nebenan" arbeiten zu müssen. Und dann kommt mit ganzer Wucht die Wirklichkeit wieder. Du triffst dich ja im Club nicht nur mit mir, sondern bist vorher und nachher mit anderen zusammen, es ist dein Job. Ich kann auch gar nicht einschätzen, wie viele Begegnungen das sind und was es für dich finanziell ausmacht. Diese plötzliche Erkenntnis der ganzen Wahrheit erdrückt mich. Ich fühle mich so hilflos, weil ich dich nicht von diesem Job erlösen kann. Ich bin unendlich traurig, ich bin zornig auf mich und erst recht auf die anderen Männer.

Heute Abend weine ich mich deshalb deinetwegen in den Schlaf, heute bin ich traurig und unglücklich, weil du nach wie vor im Club arbeiten musst. Dabei steht das Mitleid mit dir völlig im Vordergrund, nicht meine Eifersucht. Eigentlich will ich nicht, dass du dort noch arbeiten musst, es ist mir unerträglich. Aber ich weiß keine Lösung und ich kann sicher auch nicht ausschließen, dass du mal wieder im "Haus-nebenan" bist. Und wenn deine Freundin wieder dort arbeiten müsste, würdest du mit ihr möglicherweise auch wieder häufiger zusammen dort hingehen.

Endlich wieder der Tag der Tage. Und wie immer schicke ich dir eine SMS vom Büro aus: „Guten Morgen Pat, endlich unser Tag :-))) Gute Fahrt, bis nachher, lg Fred".

Wie eigentlich immer an diesem Tag kommt keine Antwort von dir. Bist du dann vielleicht mental schon bei einem anderen Gast, der immer mittags kommt? Dann ist es eben so, was mache ich mir schon wieder Gedanken. Außerdem haben wir vereinbart, dass du dich meldest, wenn etwas dazwischen kommt. Darauf verlasse ich mich. Ich freue mich auf dich und will nicht daran denken, was vorher und nachher ist.

Die Aufregung steigt im Laufe des Tages wie immer stetig an, dieses Kribbeln im Bauch. Hoffentlich hast du gleich Zeit für mich. Es ist ein wunderbares Gefühl, wenn ich reinkomme und du mich schon erwartest, und es ist so deprimierend, wenn du dann noch mit einem anderen Gast auf dem Zimmer bist. Das trifft mich wirklich jedes Mal sehr hart. Im März muss ich wegen geschäftlicher Termine wohl zweimal zu anderen Tageszeiten zu dir kommen. Ich hoffe inständig, dass das für dich dann auch so möglich ist.

Sehr pünktlich fahre ich los und komme sehr früh an und kann direkt neben deinem Auto parken. Voller Hoffnung, dass du gleich für mich Zeit hast beeile ich mich und bin kurz vor Drei an die Theke. Ich sehe viel neue Mädchen, aber dich leider nicht. Ich setzte mich enttäuscht an die Theke und trinke einen Kaffee und warte und warte. Das ist hart, einige der neuen Mädchen lächeln mich an, aber mir gelingt kein Lächeln. Die Bedienung lächelt mir mehrmals aufmunternd zu, sie spürt sicher wie es mir geht. Und ich muss wirklich bis 15:20 ausharren, dann sehe ich dich oben zum Frischmachen gehen. Alles scheint ewig zu dauern bis du endlich mit deinem Gast ins Untergeschoss gehst. Du hast ihn erst untergehakt, dann nimmst du ihn kurz an die Hand, von der Treppe höre ich dein wunderschönes schallendes Lachen. Ich beneide ihn, dass er dir dieses wunderschöne Lachen entlockt hat. Dann kommst du endlich aus Richtung Empfang. Du kommst zu mir geeilt, schaust be-

trübt entschuldigend und nimmst mich sehr lieb und zärtlich in die Arme aber ohne Küsschen
„es tut leider immer noch höllisch weh"
Du holst dir einen Kaffee und wir setzen uns aufs Polster. Ich sage dir ehrlich, dass das Warten schon hart ist, ich dir aber keinen Vorwurf mache. Früher habe ich von mir aus eine Stunde und länger abgewartet bis ich mich für eine Frau entschieden habe, aber jetzt ist es anders, da habe ich mich entschieden.
Du schaust verstehend, aber auch sehr lieb, deine Augen scheinen zu sagen „es geht nicht anders". Deine Lippen müssen noch zweimal im Abstand von sechs Wochen nachbehandelt werden. Es tut diesmal länger weh als beim letzten Mal. Ich necke dich, dass eben mit zunehmendem Alter alles beschwerlicher wird. Wir lachen, was dir durch die Spannung etwas weh tut. Du hast eine wunderschöne Farbe gewählt, zusätzlich wirken die Lippen durch die Schwellungen sehr voll, du siehst ganz wunderbar aus. Ich sage es dir, und dass mir die Farbe wirklich gut gefällt, die alte Farbe aber auch gefallen hat. Du meinst, viele hätten sie zu blass gefunden.
Auf meine Frage bestätigst du, dass du den Gästen heute kein Französisch anbietest, du sagst es ihnen gleich, genauso wie mit dem Gummi. Wir sind uns einig, dass heute viele neue Frauen und nicht besonders hübsche anwesend sind. Eine besonders dicke sieht sehr unvorteilhaft aus in ihren Dessous. Ich nehme das

zum Anlass wieder davon zu sprechen, dass nackt dann besser ist, wie eben auch am FKK-Strand.

Wir gehen aufs Zimmer. Du hast schon Wasser hochgebracht.

Wir sind im Zimmer mit Bildschirm, aber heute laufen keine Pornos.

Wir ziehen uns aus und umarmen uns dann innig.

„jetzt ist mir sehr wohl"

„das ist schön"

Wir bleiben eine Zeit lang so umarmt stehen und streicheln uns dabei gegenseitig.

Dann liegen wir nebeneinander auf dem Bauch.

„du bist ja ein schöner Rumtreiber, erst zwei Tage beruflich und nun schon wieder am Wochenende, was sagt deine Frau?"

Wir lachen.

Ich erzähle dir von der jungen Frau am Bahnhof, die offensichtlich ihre dunklen Haare nachwachsen lässt und in diesem Bereich einzelne blonde Strähnen hat. Das wäre doch auch eine Möglichkeit für dich, wieder zu Strähnen zu kommen. Wie ich sehe, hast du wieder blond nachfärben lassen.

„ich finde es sieht so billig aus, wenn man es einfach so nachwachsen lässt"

Du willst aber über meinen Vorschlag nachdenken.

Du befragst mich zu meinem Vater und ob ich auch noch andere Verwandte besucht habe. Ich sage, dass es eigentlich mit der nachfolgenden Generation keine Kontakte mehr gibt. Das findest du sehr schade. Du meinst, ich sollte häufiger mit meinem Vater telefonieren, gerade weil er allein ist, damit ich weiß, dass es ihm gut geht. Aber er will das gar nicht. Ich erzähle dir ein bisschen von seiner Sturheit und dass ich hoffe oder sicher bin, mal nicht so zu werden. Du rauchst eine Zigarette und benutzt mein Feuerzeug. Es scheint dir ehrlich zu gefallen, sowohl von der Funktion als auch vom Design. Darüber freue ich mich natürlich sehr.

Du fragst, ob es schön war mit der Bahn und ich erzähle, dass ich viel gelesen habe, zwei Bücher.

Dann streichle ich deinen Rücken sehr ausdauernd.

"das ist so wunderschön"

Dann lege ich mich auf deinen Rücken, dann rücklings neben dich.

„lege dich auf mich"

Es ist ein wunderschönes Gefühl und ich sage dir, wie sehr ich deine Nähe genieße. Wir trinken unser Wasser.

Danach verwöhne ich dich, lasse mir viel Zeit, variiere Art und Weise.

„du hast letztes Mal gefragt, was uns Männern an der Muschi so gefällt, dazu meine Frage, hast du deine schon mal im Spiegel betrachtet?"

„einmal, ich sehe das ja hier genug"

Dabei zeigst du auf den Bildschirm. Aber dich selbst zu betrachten scheint dir nicht besonders reizvoll. Ich bin schon erstaunt und erzähle, dass ich mich, wie wohl die meisten Männer, häufiger in allen Stellungen und von allen Seiten betrachte. Du hast heute das Gefühl, sehr heftig zu kommen und legst Papier drunter. Dann bist du für mein Empfinden sehr lange auf einer konstanten, hohen Reizebene, kommst sehr verzögert aber heftig. Ich nehme es jedenfalls an, hoffe es für dich, bin aber nicht ganz sicher. Aber ich werde dich auf keinen Fall fragen. Du hast versprochen, es zu sagen, wenn du etwas nicht schön findest oder anders möchtest. Ich liebkose dich ausgiebig mit zärtlichen Küssen an der Innenseite der Schenkel und oberhalb der Scham, ich möchte dich ganz ruhig entspannen lassen. Du genießt das anscheinend auch sehr.

Dann trinken wir wieder etwas und reden. Du fragst nach meiner Freundin, ich antworte, dass sie gerade zur Klausur in München ist. Du forderst mich dann auf, mit meiner Freundin wieder häufiger Essen zu gehen.

„warum liegt dir daran so viel?"

„so eine Freundschaft ist doch etwas wunderbares, die musst du pflegen"

Ich erzähle dir dann, dass ich meinen Vater unbekannter weise von allen gegrüßt habe, denen ich von meiner Fahrt zu ihm erzählt habe, und dass ich damit natürlich nur dich gemeint habe. Du lachst.

Dann erzähle ich dir, dass mein Sohn sich diesmal sehr schnell getröstet hat mit einer langjährigen, aber anderweitig liierten

Bekannten und von seiner Aussage „bisher wurde immer ich gehört, jetzt bin ich mal der Böse".
Du streichelst mich.
„du kannst sehr stolz auf dein Aussehen sein"
Du schaust dich im Spiegel an und freust dich offensichtlich.
Ich erzähle dir, dass ich heute Mittag auf die Nachspeise verzichtet habe, um jetzt nicht so abgefüllt zu sein, und die Kolleginnen es sofort bemerkt hätten. Ich habe dann gesagt, ich sei heute noch eingeladen.
„du hättest aber nicht darauf verzichten müssen, oder hast du Angst zuzunehmen?"
„nein, damit habe ich kein Problem"
Es berührt mich schon, dass du von mir nicht erwartest, nicht möchtest, deinetwegen auf Nachspeise zu verzichten.
„mein Vater hat mich sofort auf meinen kurzen Bart angesprochen, während meine Frau noch nichts gesagt hat. Daraus schließe ich, dass sie etwas ahnt"
Dann werde ich ganz unglaublich zärtlich und ausdauernd von dir mit den Händen verwöhnt bis zum explosiven Höhepunkt.
„da ist aber jemand geschafft"…
„ja, wenn man so verwöhnt wird"
Ich frage, ob viele Männer im Schambereich rasiert sind. Du bestätigst das, und dass du es sehr schön findest.
„Ich habe schon oft daran gedacht, es auch zu machen"
Du antwortest sehr spontan und besorgt

„aber nicht jetzt, das könnte doch zu sehr auffallen",
womit du ganz sicher die Reaktion meiner Frau meinst.
Dann raffe ich mich auf, anzusprechen, ob du den Valentin-Text gelesen hast.
„Ja, er ist sehr emotional"
Du lächelst dabei ganz lieb, aber auch ein bisschen traurig.
Dann gibst du mir ganz vorsichtig ein Küsschen. Offenbar es hat dich also schon berührt, so offen meine Gefühle mitgeteilt zu bekommen.
Ich streichle zärtlich dein Gesicht, deinen Hals, deinen Rücken.
Du genießt es mit geschlossenen Augen. Dann schaust du mich wieder an und ich intensiv zurück.
„ich möchte zu gern wissen, was du denkst"
„ich denke an nichts"

Das glaube ich nicht wirklich.
Wir sprechen vom schönen Wetter und dass es nun wieder wärmer, aber auch nass werden soll.
„das wäre schön, dann muss ich früh nicht mehr kratzen"
Als ich lächelnd meine, damit hätte ich keine Probleme, sagst du neckend
„weil du eine Garage hast, Angeber".
„es wird sicher noch mal Schnee geben"
„nein, es gibt keinen Winter mehr"

„ich wünsche es dir wegen deiner Reifen schon, aber ich glaube es nicht wirklich. Meine Freundin hat mit mir bei solchen Gelegenheiten immer gewettet, und ich habe immer verloren"
und ich lächle dir aufmunternd zu.
Ich frage nach deiner Brille und dass ich dich gern mal damit sehen würde.
„die trage ich nie, ein völlig veraltetes Design"
Sie liegt bei dir im Auto wegen Verkehrskontrollen. Ohne Brille siehst du in der Ferne unscharf, so wie ich in der Nähe. Deine Brillenstärke (fern) ist 2,5 genau wie meine (nah).
Wir sprechen über die Amy-Winehouse-CD und diese wunderbare Stimme. Du glaubst nicht, dass die Berichte über ihre Probleme nur Image-Pflege sind, sondern echte Probleme. Ich erzähle, dass die alte CD „Frank" wieder aufgelegt werden soll.
Plötzlich redest du von meinem Ruhestand und zählst an den Fingern die Monate ab, die ich dir nenne. Du meinst, dass das doch sicher ein Einschnitt sein wird. Ich glaube herauszuhören, dass du froh bist, wenn sich zwischen uns bis dahin nichts ändern wird oder ändern muss. Für die Zeit danach versuche ich dich zu trösten, dass ich mir Freiräume schaffen werde, aber dass es mangels Geschäftsterminen schon schwieriger werden könnte, regelmäßig unauffällig zu dir zu kommen. Aber ich werde es sicher versuchen. Du schaust so lieb, vertrauensvoll, hoffnungsvoll und verstehend und freust dich wohl, dass ich mich doch so langfristig dir verspreche.

„erst mal nicht dran denken …"

Wir sind uns damit also einig, dass vorerst alles so weiter geht. Das ist ein wunderschönes Gefühl. Aber wieder hast du gezeigt, dass du sehr wohl immer wieder über mich und über uns nachdenkst, von wegen du denkst nichts in deinem hübschen Kopf!

Du schaust heute immer ganz besonders lieb, zärtlich, aber auch wissend traurig. Aber diese Vertrautheit und die Selbstverständlichkeit zwischen uns ist so wundervoll. Es ist schrecklich, dass ich wieder eine ganze Woche darauf verzichten muss.

Ich erzähle von dem Stress heute Mittag, weil ich mittags für die Kollegin einen Vortrag übernommen habe und dann noch ein Gespräch führen musste. Ich hatte Angst, ich komme zu spät zu dir, was ja völlig unbegründet war, wie ich dann traurig hinzufüge.

„ich muss im März zweimal zu anderen Tageszeiten kommen wegen geschäftlicher Termine, ist das ein Problem?"

„nein, wenn ich es vorher weiß"

Ich spreche noch mal von den Büchern, die ich in der Bahn gelesen habe und freue mich, dass du den Kurzkrimi „unverdächtig" auch mal lesen willst, weil er in diesem Milieu spielt. Deine Tochter bittet dich per SMS um Rückruf. Du versuchst es vergeblich. Es ist wieder so ein Vertrauensbeweis und so eine persönliche, vertraute Situation, dass du ganz offen mit mir darüber sprichst und es sozusagen mit mir gemeinsam durchführst, ich darf beim Telefonieren bei dir sein.

Als du sie erreichst, stellt sich raus, dass sie nur ihren neuen Klingelton hören wollte. Sie kommt gerade vom Sport. Ich necke dich, dass sie jetzt auf dem Weg zum Teenager ist. Du weißt es und meinst, sie ist ziemlich weit. Du sprichst auch noch mal von den überwundenen Schulproblemen und wir diskutieren, ob es doch keine Schulphobie war. Du willst aber eventuell doch noch psychologische Begleitung.
Dein Rücken macht doch weiter Probleme, du willst zur Behandlung und ich rate dir dringend zu, damit es nicht chronisch wird.
Noch mal klingelt dein Telefon.
„es ist eine vom Büro, jetzt nehme ich nicht ab"
Dann gehst du doch ran. Die Büromitarbeiterin fragt nur, ob du gerade auf dem Zimmer bist und legt dann auf. Wieder hast du mich teilnehmen lassen.
Ich frage dich nach deinen Plänen für nächste Woche. Du weißt offenbar sofort, was ich meine und sagst sehr ruhig
„ich werde wohl Montag im "Haus-nebenan" sein, aber ich habe mich noch nicht angemeldet"
Ich biete dir an, dass wir uns stattdessen wieder zu einem Bummel treffen, entweder Montag oder an einem anderen Tag. Wenn wir uns vormittags treffen, müsse es von deiner Seite ja wohl nicht unbedingt der bestimmte Tag sein. Ich füge hinzu, dass ich dich nicht so gern hier arbeiten sehe, ich mag dich nicht mit anderen Männern zusammen wissen. Auch wenn es

für mich teurer wird, als dich hier zu besuchen, möchte ich trotzdem gern, dass wir uns außerhalb treffen. Du widersprichst dem „teurer" nicht, nickst nur unmerklich und etwas nachdenklich, hast also verstanden, dass ich nicht um den Betrag handeln will und dir unabhängig von der konkreten Einsparung für mich immer die gleiche Summe geben möchte. Du bist offensichtlich froh, dass ich das gar nicht erst diskutieren will.

Ich bin in diesem Moment entschlossen, das Thema Geld von mir aus nie wieder anzusprechen.

Du hast es offenbar gar nicht erwartet, dass ein Treffen so möglich wäre, scheinst dich aber sehr zu freuen, machst gleich Pläne, wo wir bei schönem Wetter spazieren gehen können. Ich bin so glücklich, dass du nicht ins "Haus-nebenan" kommst, sondern dich mit mir treffen willst. Ich frage, ob du jederzeit auch nach längerer Abwesenheit wieder dorthin kannst, ich möchte dir diese Möglichkeit nicht verstellen.

„ja"

„sicher werden dich viele vermissen"

„nur die Empfangsdame, sie unterhält sich so gern mit mir, sie hat sich schon so gefreut, als ich gesagt habe, vielleicht Montag"

Du begründest drüben dein Wegbleiben damit, dass es hier so einträglich war. Ich frage nach den anderen Stammgästen. Die scheinen dir wirklich gleichgültig, die sind auch nicht immer, und wenn, dann auf beide Tage verteilt gekommen. Es scheint dich nicht zu stören, sie zu enttäuschen.

Dann spreche ich davon, dass es im Moment ganz anders kommt als mal angenommen. Wir hatten befürchtet, dass der Club wegen der Konkurrenz schließen könnte und du dann nur noch auf das "Haus-nebenan" angewiesen bist. Nun gehst du durch mich dort nicht mehr hin, aber weiter in den Club. Wenn der schließen würde, würde dich das hart treffen. Du willst dich nachher mal umhören, ob das Laufhaus schon als Konkurrenz bemerkt wird. Wir spekulieren, ob heute so viele neue Mädchen da sind, weil die Stammmädchen ins Laufhaus gewechselt haben.

Dann heißt es wieder mal Abschied nehmen, wir umarmen uns.
„du kannst stolz auf dich sein, du bist ein wunderbarer Mensch"
„ du auch"
„ich bin auch stolz auf dich..., ich bin stolz darauf, dass du für mich da bist und ich deine Nähe habe"
Du schaust mich erstaunt an und gibst mir ganz vorsichtig mit deinen geschwollenen Lippen ein Küsschen.
Auf dem Weg zur Abrechnung springe ich wieder in den Gleichschritt wie beim letzten Bummel, du lachst.
Wir gehen zum Essen, du freust dich dass es Pasta gibt. Vorher drückst du mir allerdings kurz die O-Säfte in die Hand und eilst ins Büro. Du kommst begeistert zurück, die Mitarbeiterin hat

das Parfum getauscht und heute das richtige dabei. Ich sage lachend
„du bist wirklich sehr ungeduldig"
„ja, aber ich bin so glücklich darüber"
Wir holen Essen, du isst kräftig.
Die Dicke ist jetzt ohne Dessous und du musst zugeben, dass das bei ihr so viel besser aussieht.
Zu meinen Buchplänen erzähle ich dir, dass ich auch auf Anregung von meiner Freundin immer mal wieder daran gedacht habe, einen Krimi zu schreiben, es dann aber immer ein Problem für mich war, mir so Schlimmes wie Mord- und Todschlag auszudenken.
Ich spreche das Tanzen an, und ob wir das nicht fortführen wollen. Ja, du willst das wieder aufgreifen die nächsten Male.
„Montag, 9 Uhr?"
Du nickst und hältst den Finger auf den Mund.
„pscht, das kann mich meinen Job kosten, wenn jemand weiß, dass ich mich außerhalb treffe"
Ich verspreche dir erneut, dass es von mir niemand erfahren wird. Mir ist klar, dass du deshalb wirklich großes Vertrauen zu mir haben musst. Ich werde dich demnächst mal fragen, ob deine Freundin das auch nicht weiß.
Ich werde nachher meinen Kalender wegen Montag befragen und mich melden.
„kann ich anrufen?"

„nein, tabu, das gibt die rote Karte, hier darf man nicht telefonieren, schicke mir eine SMS"

Das wundert mich jetzt, denn ich habe doch erlebt, dass du angerufen wurdest, von Stammkunden wie ich meinte. Oder bist du da vom Empfang angerufen worden, also indirekt?

Hast du jetzt vielleicht schon einen Gast gesehen und willst deshalb von mir nachher nicht gestört werden? Oder habe ich mich mit dem Telefon geirrt? Aber die aus dem Büro konnte doch auch nicht wissen, wo du bist. Obwohl deine Erklärungen immer sehr vernünftig und nachvollziehbar klingen, bin ich immer mal wieder durch leicht aufflammende Zweifel irritiert. Dann ärgere ich mich und es tut mir leid für dich, dass ich diese Zweifel überhaupt zulasse. Dabei vertraust du mir doch mehr und gibst mir mehr als du musst, und ich habe außerdem gar keine Ansprüche, die einen Zweifel rechtfertigen würden.

Du bringst mich noch zur Treppe und umarmst mich ganz zärtlich und gibst mir vorsichtig ein Küsschen.

„schone dich, besonders deine Lippen, komm gut heim, melde dich"

Du wünscht mir auch eine gute Heimfahrt. Im Auto schaue ich gleich nach und schicke dir eine SMS: „Montag geht klar. Ich freue mich. Angenehmen Abend noch. Küsschen, Fred".

Nachts um 1:00 ist noch keine SMS von dir da, um 3:00 eine von 1:42: „Schlafe in Frieden wie ich jetzt auch gute Nacht lieber Fred", danach schlafe ich ruhig durch.

Morgens bin ich sehr ruhig, weil alles klar und wunderschön scheint. Andererseits bin ich nur sehr gefasst, weil alles irgendwie letztlich doch nicht wie erwünscht, aber klar ist. Ich muss einfach mit dem zufrieden sein, was möglich ist und glücklich sein, dass so viel bisher Unvorstellbares möglich wurde. Trotzdem habe ich auf der Fahrt zur Arbeit tränenfeuchte Augen. Wäre es draußen nicht schon so hell, würde ich jetzt hemmungslos losheulen.

Vormittags schicke ich dir voller Sehnsucht eine SMS, vielleicht entlocke ich dir wenigstens ein Schmunzeln:

„Hallo liebe Pat, deine Nacht-SMS hat mich wieder sehr beruhigt, danke. Übrigens, trinken nicht vergessen. :-)) Ich umarme dich, ganz liebe Grüße, Fred".

Natürlich hoffe ich auf eine Antwort von dir, damit ich ein Lebenszeichen von dir habe und auch annehmen kann, dass ich dich nicht damit gestört habe. Aber du meldest dich heute nicht bei mir. Ich sehne mich so sehr nach dir, deiner Stimme, deiner Nähe. Ich werde versuchen, dich Morgen kurz anzurufen.

Nachmittags fahre ich zum Friseur. Auf der Fahrt muss ich daran denken wie ich gestern genau um diese Zeit sehnsüchtig an der Theke auf dich gewartet habe. Eigentlich läuft die Zeit schon rasend schnell. Heute lasse ich meine Haare noch kürzer schneiden und bin gespannt, ob du es gleich bemerken wirst am Montag. Heute wird mein neues Haarteil zugeschnitten, wahrscheinlich mein letztes.

Abends fällt Babysitten aus, ich leiste meiner Frau ein wenig Gesellschaft beim Fernsehen. Sie ist sehr verärgert über meine kurzen Haare und den kurzen Schnitt des Haarteils. Im halbtrunkenen Zustand rastet sie dann irgendwann völlig unerwartet aus und bombadiert mich mit Vorwürfen, dass ich nie Zeit für sie hätte, was einfach nicht stimmt. Ihr pauschaler Vorwurf, wenn sie etwas wollte, habe ich nie Zeit, wenn aber jemand anders (meine Freundin?) was will, geht es immer. So pauschal macht sie es mir leicht, nicht darauf einzugehen. Ich gehe mit einem kurzen „gute Nacht" schlafen.

Sie spürt wahrscheinlich einfach, dass ich meine Zeit nicht gern mit ihr und ihren Themen verbringe. Sie ist einfach nicht mehr Teil meines Lebens, außer in den täglichen Abläufen und in der Familie, allerdings auch beim Tanzen, das ihr keinen Spaß mehr bringt. Aber in meiner Seele und in meinen Gedanken spielt sie keine Rolle mehr. Heute sind wir ungestört fünf Stunden allein zuhause und sie hat nicht den geringsten Versuch gemacht, es für irgendetwas gemeinsames zu nutzen. Ich war da, ich habe die meiste Zeit neben ihr gesessen, mit ihr geredet, sie damit allerdings auch beim Saufen gestört, denn sie hatte immer nur selten und kurz Gelegenheit nachzuschenken, wenn ich kurz am PC war. Es ist auch unerträglich, dass sie bei allen Entscheidun-

gen nachher nur die Nachteile diskutiert und mir vorwirft. Aber irgendwie hat sie doch wieder gewonnen. Denn morgen wollte ich eigentlich mal wieder beim Nähkurs vorbeischauen, aber ich möchte meiner Frau keinen Grund für ihren Vorwurf liefern, also werde ich verzichten und morgen früher heimgehen. Dir wird es gefallen, mir fällt es schwer. Während meine Freundin mich immer bestärkt, mich zu wehren gegen die Ansprüche meiner Frau und mir auch für den Ruhestand jetzt schon Freiräume zu schaffen, spontan ins Kino zu gehen, tue ich es meiner Frau zuliebe dann doch nicht. Du dagegen bittest mich, netter zu meiner Frau zu sein, wieder mehr Zeit für sie zu haben. Was soll ich tun? Meine Freundin muss aus ihrer Sicht keine Befürchtungen haben, ich könnte mehr von ihr wollen, also kann es ihr egal sein, ob es zur Trennung von meiner Frau kommt. Du hingegen fürchtest sicher ein bisschen, dass ich mehr von dir möchte, wenn ich allein bin. Sind das die unterschiedlichen Beweggründe von Euch beiden?
Zwischen 4 Uhr und 6 Uhr schlafe ich sehr schlecht, ich denke soviel über dich und uns nach und bemühe mich nur zweimal, allerdings jeweils sofort erfolgreich, einzuschlafen. Beim zweiten Mal bin ich so spitz, dass ich mich vorm Einschlafen schnell zum Höhepunkt bringe und dabei davon träume, dass ich dir bei der Selbstbefriedigung zuschaue.

Unter der Dusche huscht plötzlich wieder die Vorstellung durch meine Gedanken, dass meine Frau nicht mehr da ist. Außer dem sonst üblichen Gedanken, dass sie sterben könnte, ist heute auch die Vorstellung da, sie könnte sich plötzlich scheiden lassen wollen. Ich würde mich nicht mehr dagegen wehren. Der Gedanke schafft mir fast Erleichterung. Dann müsste ich allerdings das Haus aufgeben, denn wir müssten es verkaufen und teilen. Ich würde es akzeptieren, mir eine Wohnung nehmen und von vielem trennen. Von mir aus würde ich die Trennung allerdings nicht betreiben, denn das Haus ist auch sehr angenehm. Wie auch immer, ich würde nicht verzweifeln, ich bin zwar mit meinen alten Ideen und Hobbys aufs Haus angewiesen, aber mit allen meinen neuen Ideen und Vorhaben überhaupt nicht mehr. Aber beim Gedanken, zum Single zu werden, macht mir Sorgen, dass du dann den Platz in meinem Herzen und an meiner Seite gar nicht willst. Darüber bin ich sehr traurig.

Doch dann sind meine Gedanken wieder voller Liebe und Freude ganz bei dir.

Nach einer Sitzung vormittags rufe ich dich an und laufe dabei übers Gelände. Du meldest dich sofort so lieb wie immer. Du fragst, ob ich unterwegs bin, weil die Nummer unter Fred-Auto gespeichert ist. Ich habe gerade den richtigen Zeitpunkt für einen wieder mal offenbar für dich stressigen Donnerstag erwischt. Du bist gerade auf dem Weg zu einem Amt. Deine

Tochter ist krank und du selbst hast noch einen Arzttermin heute Nachmittag. Ich frage nach deinem Rücken, der ist gerade beschwerdefrei. Bei den Lippen nehmen die Schmerzen weiter ab, die Kruste löst sich. Du hast schon ein wenig Bammel, dass du in fünf Wochen wieder hin musst
„wer schön sein will muss leiden"
„du hast es so gewollt, aber dann hast du wieder ein paar Jahre Ruhe".
Ich ermahne dich wieder zum Trinken und sage, wie sehr ich mich auf Montag freue.
„das ist ja bald, die Stunden werden weniger".
Dann verabschieden wir uns. Ich bin so glücklich wie immer, dass das Gespräch zustande gekommen ist. Mir ist es so wichtig, ein Lebenszeichen von dir zu haben und zu wissen, dass es dir gut geht. Und natürlich ist es wunderschön, deine liebe, ruhige Stimme zu hören.
Heute früh war ich so unruhig, jetzt bin ich ganz ruhig, gut gelaunt und voller Vorfreude.
Den ganzen restlichen Tag durchflutet mich immer wieder so ein wohliges Gefühl in Gedanken an dich. Nach wie vor ist mein einziges Ziel, dass die Zeit rumgeht bis ich dich wieder treffe. Ich freue mich so wahnsinnig auf Montag und bin sicher, dass es wieder ganz wundervolle Stunden miteinander werden.
Als ich zeitig heimkomme, schläft meine Frau betrunken auf dem Sofa. Sie wacht dann zwar auf, aber ich kann nicht

wirklich etwas mit ihr anfangen. Ich versuche trotzdem, vieles mit ihr zu bereden, sie in alles heute einzubinden, Zeitungsartikel, Post, Rechnungen, Fernsehsendungen. Ich mache einige kleine, liegengebliebene Reparaturen, schaue mit ihr fern, surfe mal mit ihr gemeinsam im Internet. Aber alles wird von ihr nur mit streitigen Beschimpfungen begleitet. Das ist wirklich wieder zum Abgewöhnen. Anscheinend ist es ihr heute lästig, dass ich sie beim Saufen störe. Egal was und wie ich es mache, es ist nie recht.

Heute Nacht schlafe ich wieder sehr gut. Zehn Minuten vor dem Wecker wache ich auf und träume von dir. Plötzlich bin ich wieder bei dem Gedanken, ob nicht auch meine Tochter doch im Rotlichtmilieu arbeitet. Sie hat immer noch die passend eingerichtete Wohnung, die sie angeblich einschließlich Einrichtung einer Bekannten überlassen hat. Teilt sie sich in Wirklichkeit mit dieser Kollegin diesen Treffpunkt für den Empfang von zahlenden Gästen? Ich halte das plötzlich wieder für möglich, die Arbeit im Sonnenstudio ist dann nur Tarnung. Stattdessen schafft sie tagsüber in dieser Wohnung an, abends ihre Kollegin. Das erscheint mir nicht mehr wirklich abwegig. Aber ich würde und werde nie einen anderen Menschen ausspionieren oder ausspionieren lassen. Es geht mich nicht wirklich etwas an. So werde ich auch die Beziehung mit dir immer nur im vollen Vertrauen zu dir leben können. Ich glaube dir, was du mir erzählst, meine Zweifel würde ich niemals durch Nachspionieren entkräften wollen. Ich vertraue dir voll und so kannst du auch mir voll vertrauen. Zweifel, dunkle Gedanken kann man nicht endgültig abstellen, sie kommen eben plötzlich. Aber Misstrauen werde ich niemals zulassen. Misstrauen kann und muss man verscheuchen.

Während ich diese Überlegungen anstelle, bemerke ich, dass alle Probleme mit meiner Frau im wesentlichen ihre Ursache in ihrem riesigen Misstrauen mir gegenüber, ihrer umfassenden Kontrolle, ihrer Abneigung gegen Geldausgeben haben. Das hat mich im Laufe der Zeit erfinderisch werden lassen. Ich habe Umwege und Auswege gesucht und gefunden, um Geld zur Verfügung zu haben und unbemerkt für meine Computer und Bücher ausgeben zu können. Dadurch war es mir dann überhaupt auch möglich, letztes Jahr so intensiv in die Club-Besuche einzusteigen. Dadurch habe ich dich kennengelernt. Letztlich hat das Misstrauen meiner Frau uns zusammen geführt und unsere Beziehung ermöglicht. Ohne meine eingeübten Aus- und Umwege hätte ich niemals soviel Geld aufbringen können. Irgendwie ist das schon ein Treppenwitz, es macht mich fröhlich.

Morgens gehe ich mit meiner Freundin Schwimmen und Frühstücken. Im Büro mache ich vormittags meine Arbeit. Nachmittags bin ich ab 15 Uhr allein. Es fällt mir sehr schwer, dich nicht anzurufen, aber ich beherrsche mich und nehme mir vor, dir morgen früh eine SMS zu schicken. Am Tanztraining abends nehme ich sehr aufmerksam teil, du bist zwar in meinen Gedanken gegenwärtig, es lenkt mich aber nicht ab. Vorm Einschlafen bin ich wieder spitz und gönne mir eine schnelle aber doch sehr schöne Entspannung, es sind ja noch vier Tage bis wir wieder Sex miteinander haben. Zusätzlich wird es meine Hormone antreiben, wenn wir uns Montag vormittags zu einem Bummel treffen. Bis dahin sind es nur noch 57 Stunden, heute Mittag um 14 Uhr war Halbzeit.

Auf dem Weg zum Bäcker schicke ich dir morgens eine SMS: „Guten Morgen liebe Pat, ich hoffe es geht dir gut. Ich wünsche dir ein sehr schönes Wochenende. Du meldest dich wegen Treffpunkt am Montag um 9 Uhr? Mit zärtlicher Umarmung und Küsschen liebe Grüße, Fred".
Damit ist nun allerdings auch das sehsüchtige Warten auf eine Antwort wieder da. Bis zum Nachmittag hast du noch nicht reagiert. Ich arbeite heute bei herrlichem Wetter im Garten, schneide Büsche. Um 16:15 entdecke ich deine, wie immer liebe Antwort: „Hallo Fred schicke dir einen Himmel voller Sonne. Sollen wir uns wieder um 9:00 Uhr im Parkhaus treffen? Lg Pat". Ich antworte sofort: „Hallo Pat, danke für die Sonne, ich genieße sie bei Gartenarbeit. Parkhaus 9 Uhr ist ok. Freue mich riesig, lg Fred".

Danach schaue ich mir sehnsüchtig dein Bild auf dem Bildschirm an. Aber alles in allem bin ich sehr ruhig bis auf eine gewisse freudige Unruhe beim Stundenzählen.
Ich bin in fröhlichen Gedanken immer wieder bei dir, auch abends auf der Tanzparty. Besonders blonde Frauen führen meine Träume immer wieder zu dir.

Sonntag Vormittag erledige ich viele liegengebliebene Arbeiten am Schreibtisch und PC. Obwohl es schon bald ist, kommt mir unser heutiges Wiedersehen so unwirklich vor, fast wie nach der langen Pause zum Jahreswechsel. In der Wirkung sind also jetzt sechs Tage genauso furchtbar wie damals drei Wochen. Aber bedeutet das jetzt, dass doch Gewöhnung eingetreten ist? Nein, mein Drang zu dir ist stärker denn je, es kommen keinerlei Gedanken an anderes auf. Ich kann das nur so erklären, dass meine Sehnsucht nach dir noch zunimmt, gleichzeitig aber das seltene Treffen und damit verbundene Warten zur Normalität wird. Es ist keine Qual mehr, nur noch leises Leiden ohne Sorge zu haben, dass es nicht stattfinden könnte. Es ist keine Frage mehr des ob, sondern nur noch eine Frage des wann. Und das ist wesentlich leichter zu ertragen. Diese ruhige Sehnsucht und Vorfreude ist etwas wunderbares. Ich empfinde dafür eine unendliche Dankbarkeit dir gegenüber, du hast mich ganz unbezahlbar beschenkt mit deiner Zeit für mich, deiner Nähe, deiner Zärtlichkeit und deiner Zuneigung, mindestens deinem Interesse an mir.

Nachmittags ist wieder Tanzen angesagt. Es entfernt mich nicht von dir, denn ich würde gern mit dir tanzen, aber es lenkt etwas ab vom Warten.

Auf der Heimfahrt ist die Unwirklichkeit dann völlig verschwunden, ich befinde mich in ganz klarer Vorfreude auf morgen, spüre dich in meinen Armen, denke an unsere möglichen Gespräche und bin gespannt auf das Wetter, weil das Einfluss auf unsere Unternehmungen hat.

Endlich Montag, ich bin so aufgeregt. Auf der Fahrt ohne Stau gehen mir zwei Dinge durch den Kopf.

Zum einen der Gedanke, sollte es dich irgendwann nicht mehr für mich geben, dann würde ich auch damit fertig werden. Im gleichen Moment erschrecke ich darüber, finde dieses Gefühl so furchtbar, aber es ist da.

Zum anderen bin ich mir schlagartig ganz sicher, dass ich dich niemals betrügen werde, in keiner Weise. Meine Frau habe ich immer betrogen, schon vor der Ehe, körperlich, seelisch und geistig. Ich habe sie an meinem Leben immer weniger teilhaben lassen, weil ich ihre Kritik an allem nicht ertragen habe, insbesondere dass sie alles, was sie über mich wusste, gegen mich verwendet hat. Das hat jedes Vertrauen zerstört. Immer war ich auf der Suche. Mit dir habe ich alles gefunden, die

Suche ist beendet. Ich lasse dich an allem teilnehmen, möchte keine Geheimnisse vor dir haben. Zwischen uns herrscht ein für mich völlig unbekanntes grenzenloses Vertrauen. Ich werde dich niemals körperlich betrügen, nie wieder Sex mit anderen, auch kein Tantra haben, solange unsere Beziehung besteht. Ich werde auch seelisch und geistig alles mit dir teilen, die Gespräche mit meiner Freundin allerdings nicht aufgeben. Aber du wirst darüber immer alles wissen, also teilhaben. Ich bin mir in diesem Moment so vollkommen sicher. Dieses Gefühl ist völlig neu in meinem Leben, ich bin so erschüttert bei diesen Gedanken, dass mir kurz die Tränen fließen. Aber ich bin gleichzeitig sehr, sehr glücklich.

Ich kann wegen einer Baustelle nicht zum verabredeten Parkhaus kommen und werde vom Navi mehrmals im Kreis geführt. Um 9 Uhr rufe ich dich an, du bist noch in einem Stau. Während ich dann nach einem nahe gelegenen anderen Parkhaus suche, rufst du an und leitest mich zu deinem Parkhaus. Wenige Minuten später bin ich da, du stehst direkt bei der Einfahrt, wir winken uns zu und ich parke neben dir. Wir umarmen uns zärtlich und du gibst mir ein Küsschen. Dein Mund ist wirklich sehr hübsch geworden, du hast keine Schmerzen mehr, es spannt nur noch.

Wir gehen eingehakt unter meinem Schirm zur Fußgängerzone. Du meinst, ich sähe müde, abgespannt aus, ob ich schlecht geschlafen hätte. Ich verneine. Ich stelle dir die Standard-

Fragen nach deinem Rücken und ausreichendem Trinken. Dein Rücken macht zur Zeit keine Probleme und beim Trinken bemühst du dich, was sich dann auch heute Vormittag bestätigt.

Weil wir wieder mit Schirm laufen müssen sage ich tröstend „da bleiben uns die Schönwetterziele" . Du widersprichst nicht, gehst also auch davon aus, dass wir uns hier noch häufiger treffen. Das ist wunderschön.

Dann erzähle ich dir, wie unwirklich ich es gestern empfand, dass wir uns heute treffen, so als wären wieder viele Wochen vergangen wie zum Jahreswechsel. Erst mit der Abfahrt heute Morgen kam die reale Freude auf.

Wir gehen wieder sehr ausführlich frühstücken.

Ich frage dich, ob dir nichts an mir auffällt. Du hast offenbar nichts an meinen Haaren und dem Bart bemerkt, was mich schon ein ganz klein wenig enttäuscht. Zögerlich meinst du dann, dass der Bart sehr kurz ist. Na und ob, so kurz wie nie zuvor. Sonst siehst du nichts, und meinst „auch kein Piercing".

Wir lachen beide. Dann erzähle ich, dass meine Frau ziemlich ärgerlich über die kurzen Haare und das entsprechende neue Haarteil war. Zu meiner Ankündigung, dass das der Einstieg in den Ausstieg sei und ich mit dem Ruhestand ganz damit aufhören will, ist sie schier ausgerastet und droht, dass sie dann nicht mehr mit mir tanzen geht. Bei dem Streit war meine Überlegung, dass ich es darauf ankommen lassen würde. Bevor ich das aussprechen kann meinst du ganz lieb und fürsorglich

„du wirst einen Kompromiss machen, fast immer ohne Teil, außer beim Tanzen". Du könntest Recht haben, aber ich bin mir noch nicht so sicher, ob ich nicht stur bleibe. Aber du denkst wieder mal an meine Frau und das Eheklima und du kennst sehr gut inzwischen meine Art, mit den Dingen umzughen.

Ich spreche die Club-Konkurrenz an, weil eine Anzeige in der Zeitung war. Dann erzähle ich wieder, dass ich meiner Tochter nach wie vor zutraue, im Rotlichtmilieu tätig zu sein und von ihrer Stadt-Wohnung. Du findest das hochinteressant, bist neugierig, die Wahrheit zu erfahren und fragst, ob ich das nicht rauskriegen könnte. Daraufhin spreche ich von meiner Grundeinstellung, dass ich niemals jemandem nachspionieren würde, nicht in Taschen, Schubladen, Schränken, durch Beobachten oder Beobachten lassen. Und das ist ganz ehrlich so, ich habe es noch nie getan. Nur einmal habe ich bei Kopierarbeiten am PC zufällig eine Mail von meine Tochter gesehen, wo sie jemandem die Vaterschaft meiner Enkelin zuspricht. Ich bin dem aber nicht nachgegangen. Ich habe auch noch nie meiner Frau irgendwie nachspioniert oder ihre Sachen angefasst. Du bist schon erstaunt oder sogar beeindruckt. Auf jeden Fall weißt du jetzt, dass ich auch dir nie nachspionieren würde, und mir ist sehr wichtig, dass du das weißt. Du meinst, Frauen sind da sehr neugierig, du auch. Es würde dich schon brennend interessieren, was mit meiner Tochter ist und ob ihr Partner da mitmacht.

Dann spreche ich wieder davon, wie ich mir für den Ruhestand Freiräume schaffen will. Nachdem du außen vorm Cafe noch eine Zigarette geraucht hast, machen wir uns auf einen Einkaufsbummel. Zunächst besorgen wir dir Gas für das Feuerzeug. Auf meine Bemerkung, dass es auch beim Liegen Gas verliert und ich es schon ein paar Wochen hatte, reagierst du erstaunt. Du seist spontaner mit derartigen Besorgungen. Ich erwidere, dass ich die Idee mit einem Valentin-Geschenk für dich schon hatte bevor ich wusste, dass wir an dem Morgen zusammen sind.
Dann frage ich, ob deine Freundin von unseren Treffen weiß. Ja, sie weiß es und du hast großes Vertrauen und glaubst nicht, dass sie es irgendwann ihrer Tante erzählt.
Du machst Besorgungen für sie. Lachend nehme ich dir die Taschen ab mit
„wie in der Karikatur, die Frau kauft, der Mann trägt".
Dann kaufst du noch Schirme für dich und deinen Sohn.
Ich erzähle dir von meinen Buchideen während wir nach einem Antiquitäten-Laden suchen. Du meinst dann besorgt
„du hast so viele Aktivitäten, sitzt du nie mal ruhig in einer Ecke". Das scheint dich an mir etwas zu stören, hast du Angst, dass du mich bei einer engeren Beziehung gar nicht für dich hättest? Ich muss nochmal mit dir darüber reden, denn ich sitze schon gern ruhig irgendwo oder liege am Strand. Das hat sich bei mir dann anders entwickelt, weil ich flüchte und suche und

Freiräume schaffen möchte. Das muss ich dir sagen, sonst hast du einen ganz falschen Eindruck von mir.

Dann schauen wir Dessous an. Wir haben einen ähnlichen Geschmack, finden aber nichts in deiner Größe. Was unseren Geschmack betrifft, siehst du das ähnlich und freust dich auch darüber.

Ich sage dir, dass es mir wichtig ist, dass du mich immer wissen lässt, wenn du doch mal im "Haus-nebenan" bist, denn dann bin ich da! Du versprichst mir, dass du das selbstverständlich tun wirst.

Dann schlägst du vor, noch etwas Trinken zu gehen, was mich das nahende Ende unseres schönen Vormittags ahnen lässt. Wir sitzen dann noch einmal fast eine Stunde in einem kleinen Cafe, das wir aber beide nicht sonderlich gemütlich finden.

Du stößt mit mir mit den Kaffee-Tassen an „zum Wohl", das scheint mir zu signalisieren, dass du dich mit mir wohl fühlst und auch möchtest, dass wir das weiter so machen. Ich sage, dass wir uns morgen wieder ein Glas Sekt gönnen werden und du erwiderst erfreut lächelnd, dass wir das ja schon lange nicht mehr gemacht haben. Ich habe immer wieder den Eindruck, dass du dich auf Morgen freust.

Ich spreche an, dass ich nächste Woche erst später kommen kann und dann abends länger bleiben möchte und frage, ob du das wegen deines anderen Stammgastes regeln kannst. Du meinst, er käme oft sehr spät und wenn du es weißt, kannst du ihn vorbereiten. Ich sage dir zu, es morgen endgültig festzulegen.

Du reagierst zurückhaltend auf meine Terminüberlegungen zu Ostern, du fragst nach dem Datum und nach weiteren Feiertagen. Du gehst gar nicht auf meine Fragen zu deinen Plänen zu den weiteren Terminen ein.

Du sprichst an, dass du mit den Kindern irgendwann Urlaub machen möchtest, dabei wirkst du sehr nachdenklich, vielleicht, weil dann ein Treffen für uns ausfällt. Im Gegenzug fragst du nach meinen Urlaubstagen und –plänen. Ich sage dir dann die Zahl meiner Urlaubtage bis zum Ruhestand und ich erzähle, wie schwer es ist, verlässliche Pläne mit meiner Frau zu machen. Sie arbeitet eigentlich meistens mit Andeutungen oder überlässt letztlich mir die Entscheidungen, die sie dann heftig kritisiert. Du findest ihre Art, mit Andeutungen zu arbeiten, auch scheußlich, das würdest du nicht tun.

Dann erzähle ich dir von meinen Überlegungen, dass meine Frau mit ihrem Misstrauen, ihrer Kontrolle, den dadurch von mir mit immer mehr Übung und Erfolg gesuchten Umwegen eigentlich die Beziehung zu Dir erst möglich gemacht hat. In einer vertrauensvollen Partnerschaft hätte ich nie die Notwendigkeit gesehen und auch nicht die Möglichkeit gehabt, dich kennenzulernen.

Deine Tochter ruft dich an, sie ist von der Schule daheim. Du hattest vorher gemeint, sie käme erst um 13 Uhr, du könntest aber ruhig später heimkommen. Ich überlege kurz, dass du eigentlich gar nicht heim müsstest, weil doch „Haus-nebenan"-Tag ist. Aber ich sage nichts, obwohl ich am liebsten noch viele weitere Stunden mit dir verbringen möchte.

Du meinst dann, deine Tochter sei oft zickig, Mädchen in beginnender Pubertät eben. Dir ist gar nicht recht, dass sie so früh schon so weit ist. Du wolltest immer nur Jungs als Kinder und warst über ihre Geburt nicht sehr glücklich.

Ich sage nichts dazu, dass das der Grund für Eure Probleme sein könnte.

Du redest darüber, wie du sie verwöhnst und sie das ausnutzt, weil sie weiß, dass du sie nicht bei Dunkelheit auf der Straße sehen möchtest und sie dann überall abholst und hinbringst. Beide Kinder nutzen deine Bitte aus, dich anzurufen, um ihre Prepaid-Karte von dir wieder bezahlt zu bekommen.

Du bist mehrmals sehr in Gedanken verloren, schaust sehr viel zur Straße, nicht zu mir. Hast du noch ein anderes Treffen vor und würdest gern unser Treffen bald beenden oder hast du Sorgen? Dann bist du aber immer wieder ganz lieb und zärtlich voll bei mir, diese liebevollen Blicke! Ich schaue dich intensiv an. Du lässt dir das immer mehr gefallen. Du meinst lächelnd „siehst du mich unscharf...warum hast du deine Brille nicht immer auf".

Ich erwidere, dass es eine Lese-Halbbrille ist und damit der Abstand zu dir falsch, da wäre meine Bildschirmbrille besser geeignet. Ich sage dir wieder, wie gern ich dich anschaue, wie schön du aussiehst und wie hübsch dein „neuer" Mund geworden ist.

Du sagst dann „Morgen ist es gemütlicher", also sehnst auch du dich nach unserem gemeinsamen Kuscheln und Streicheln. Ich nehme deine Hand auf dem Tisch, drücke und streichle sie und du erwiderst es. Es ist dir also nicht unangenehm von mir in der Öffentlichkeit zärtlich berührt zu werden. Auf dem Weg zum Parkhaus erzähle ich dir von einem verblüffenden Persönlichkeitstest im Internet und dass du das auch mal machen solltest und wir gegenseitig für uns und dann vergleichen.

Als du mir dann so verschämt gegenüber stehst, fällt mir erst auf, dass wir ja noch abrechnen müssen, das hätte ich fast vergessen. Ich nehme das Geld, während du dich weiter verschämt windest und drücke es dir in die Hand. Du schaust mir offen und lieb in die Augen und sagst „ich schaue nicht hin, ich zähle nicht nach, ich nehme es wie es ist". Rechnest du mit weniger, weil es ja nur für einen einzelnen „Haus-nebenan"-Tag ist? Du weißt ja nicht, dass ich das nicht mehr ansprechen will. Du bist heute wirklich besonders verschämt, du dankst mir.

Dann nehme ich dich in die Arme

„ich danke dir", aber du möchtest das nicht.

Dann sage ich

„ohne Morgen würde ich jetzt verrückt werden".

Du tröstest mich liebevoll und ehrlich mit Umarmung und Küsschen. Dann fahren wir los, du winkst noch zweimal lieb und fröhlich aus dem Auto und ich winke genauso lebhaft zurück. Es war ein wunderschöner Vormittag. Aber je häufiger wir und treffen, desto schneller laufen diese Begegnungen ab, desto länger erscheint mir die Wartezeit dazwischen.

Ich mache wegen Haarteil und weil ich nicht so zeitig daheim sein will, eine längere Pause auf einem Rastplatz.

Als ich mich meinem Wohnort nähere, fühle ich mich in einer fremden, anderen Welt. Ich muss inneren Widerstand überwinden, ich möchte zu dir, nicht heim.

Ich mache noch ein paar Einkäufe. Vom Parkhaus schicke ich dir eine SMS: „Liebe Pat, nochmals danke (doch) für diese wunderschönen Stunden mit dir. Inzwischen bin ich wieder im Alltag angekommen. Bis Morgen, Küsschen heute mit Sonne von hier, lg Fred". Nach 20 Minuten kommt deine Antwort: „Ich muss mich tausendmal bedanken, dass du mich so unterstützt. Vielen vielen Dank. Bis morgen Pat".

Dann bin ich wieder daheim und fühle mich dann doch in meiner Umgebung wieder wohl und zuhause. Ich mache mir schnell einige Notizen, ich freue mich so sehr auf Morgen. Beim Tanztraining sind meine Gedanken mal wieder nur bei dir, auf der Hin- und Rückfahrt habe ich tränenfeuchte Augen. Wäre ich allein, würde ich losheulen.

Endlich wieder der Tag der Tage. Ich bin so aufgeregt, dieses wohlige Kribbeln im Bauch, das Ziehen im Herzen, diese Freude, ich könnte weinen vor Glück, ich bin aber nicht allein im Büro und muss auch ein wenig arbeiten. Ich schicke dir eine SMS: „Guten Morgen Pat, heute hüpfen Herz und Seele wieder um die Wette vor Freude. Dann bis 15 Uhr, gute Fahrt, glG Fred".

Endlich kann ich los fahren und komme 14:45 an, der Parkplatz ist leer, also wenig Gäste, aber dein Auto ist da.

Du sitzt am Empfang und strahlst mich an und ich zurück.

„wohin möchten der Herr?"

„das muss ich mir noch mal überlegen…bis gleich"

Heute beeile ich mich natürlich noch mehr mit dem Umkleiden. Als ich zur Theke komme, machst du uns schon Kaffee, wir setzen uns aufs Polster. Heute ist tatsächlich wenig los, weder Gäste noch Mädchen. Du sagst, dass etliche Mädchen in den neuen Konkurrenz-Club gewechselt haben, das finden wir natürlich beide sehr bedenklich. Wenn das nicht nur ein Anfangs-Effekt ist, wird es schwierig für diesen Club.

Du hast den kurzen Schnitt von meinem Haarteil außen gesehen und findest es viel natürlicher. Du hast gestern noch die Chefin in deinem Wohnort getroffen, sie hat verwundert gefragt, warum du nicht im "Haus-nebenan" bist, du hast auch ihr gesagt, dass es im Club gerade gut läuft für dich und das reicht.

Du erzählst, dass deine Tochter vorhin angerufen hat, weil ihr Vater behauptet hat, du hättest sie nicht mehr lieb. Du bist sehr empört und hast ihr erklärt, dass du sie sehr lieb hast, auch wenn ihr Euch in letzter Zeit häufiger mal streitet.

Ich spreche dich darauf an, dass du gestern Mittag mehrmals sehr in Gedanken verloren warst. Du meinst erschrocken, dass du oft ohne Grund so weg trittst, dann soll ich dir einen Stups geben. Ich bin sehr erleichtert, dass es keinen schwerwiegenden Grund gibt. Dann spreche ich die Zeitplanung nächste Woche an und sage 16:30 zu. Für den „Haus-nebenan"-Termin schlage ich vor, dass wir uns stattdessen am Freitag treffen könnten. Du findest den Vorschlag gut. Du bestätigst mir auch, dass dir unsere Treffen gefallen. Ich erzähle, dass ich heute ganz besonders aufgeregt war, herzukommen, gestern war sozusagen ein „warm up". Du wiederholst es lachend.

Ich erzähle dir von der Aufregung meiner Frau wegen der Couch, die meine Tochter aus der Stadtwohnung geholt und meinem Sohn gegeben hat, von der meine Frau aber nichts wusste. Für mich ist das ein weiteres Mosaiksteinchen zur der Annahme dass es eine Wohnung zum Anschaffen gewesen sein könnte.

Dann gehen wir mit Sekt und Wasser aufs Zimmer.

Wir umarmen uns lange, innig und zärtlich, du streichelst mich tröstend und fest, weil du offensichtlich meine Traurigkeit und

Sehnsucht spürst. Ich sage aber nichts, sondern streichle dich auch. Dann stoßen wir mit dem Sekt an,
„auf dich"
„auf dich".
Wir liegen nebeneinander und du rauchst eine Zigarette.
Gestern Abend warst du noch lange bei deiner Freundin.
Ich streichle dir zärtlich und ausgiebig den Rücken, du genießt es wie immer. Als ich kurz Pause mache und mich neben dich lege, bittest du mich weiterzumachen. Ich mache gern weiter.
Du fragst, was ich heute am Pasta-Tag (das hast du dir gemerkt!) gegessen habe.
„Curry-Putenschnitzel"
„das wünsche ich mir für nachher hier"
Dann spreche ich deine Verwunderung von gestern an, dass ich so aktiv bin und ob ich nie mal ruhig in der Ecke sitze. Ich erkläre dir, dass das eventuell ein falscher Eindruck von mir ist. Ich bin zwar ruhelos, aber wohl in erster Linie, weil ich einerseits immer auf der Suche nach dem Leben bin, auf der anderen Seite Freiräume vor meiner Frau suche. Aber ich sitze sehr gern still in einer Ecke und lese. Im Zug schaue ich auch gern lange aus dem Fenster oder döse oder lese. Ich mache auch am liebsten Strandurlaub, liege den ganzen Tag am Strand und döse oder lese. Dann werde ich allerdings oft von meiner gelangweilten Frau aufgescheucht, so dass ich es nicht wirklich genießen kann.

Du hörst mir sehr interessiert, aber kommentarlos zu, nickst nur ein paar Mal ganz still. So weiß ich nicht, ob ich dir nach dieser Erklärung besser gefalle oder wie du dir deinen Partner am ehesten vorstellst.

Dann darf ich dich verwöhnen mit Händen, Fingern, Mund und Zunge und ich mache es mit Vergnügen ausgedehnt, langsam, zärtlich und führe dich dann zu einem unzweifelhaft schönen und heftigen Höhepunkt. Du bist sehr entspannt und lächelst mich liebevoll und glücklich an.

Ich frage, ob wir uns nächste Woche, wenn die „Hausnebenan"-Tage Samstag-Sonntag sind, eventuell auch bereits Freitag vormittags treffen können. Ich will zwar den Samstag nicht ganz ausschließen, aber werktags ist einfacher für mich. Du überlegst kurz und meinst dann, dass das eigentlich ginge und eine gute Idee sei.

Ich frage nach, ob du mal Selbstbefriedigung gemacht hast seit Jahresanfang, weil ich gern wissen möchte, wie oft es bei dir vorkommt. Zu meinem Erstaunen sagst du wieder, du hättest es seitdem nicht gemacht und du machst es auch eher selten. Vorm Jahresende haben dir die Probleme mit deiner Tochter keine Ruhe gelassen und jetzt reiche dir der Sex hier im Club. Falls auch ich dazu beitrage, macht es mich natürlich ein wenig stolz, glücklich und zufrieden. Dann verwöhnst du mich mit Händen, Hodenmassage, Mund und Fingern langsam, sehr zärtlich, behutsam und ausdauernd. Du hast eine Technik bei mir entwickelt, die Tantra nicht nachsteht, Wechsel der Geschwindigkeit, des Drucks, der Berührungspunkte. Daraus entwickelt sich eine lange genussvolle Dauer der Verwöhnung mit einem schließlich explosiven Höhepunkt. Ich wundere mich und gestehe dir, dass ich mich Freitag selbstbefriedigt habe.

Dann liegen wir wieder nebeneinander, ich streichle dein Gesicht, deinen Hals und wieder deinen Rücken. Ich erzähle dir von meiner Entdeckung im Adressbuch, dass eine Nachbarin offenbar den gleichen Geburtsnamen hat wie du, den ich bei dir zum ersten Mal kennengelernt habe.

Ich zeige auf meine schütteren Haare am Oberkopf und erzähle dir, dass es das Ergebnis einer Haartransplantation war. Du bist sehr verblüfft und wir lachen gemeinsam über die Eitelkeit der Männer und sind uns einig, dass man eigentlich keine kosmetischen Operationen aus Eitelkeit machen sollte.

deine Tochter ruft an, du sagst ihr, dass sie noch mit dem Hund Gassi gehen soll. Du fragst sie, ob dein altes Fahrrad im Schuppen steht. Du willst es einer der Thekenbetreuerinnen schenken.

Irgendwann sagst du zu mir bei irgendeinem Thema jemanden aus meiner Umgebung zitierend „...Herr ...." und sagst meinen Nachnamen.

Mir tut es gut, dass du meinen Namen ganz sicher beherrschst, es hat dich also doch interessiert, ihn zu erfahren.

Es kommt eine SMS von deiner Freundin, dass sie mit dem Hund Gassi gegangen ist, du freust dich darüber.

Dann ist unsere Zeit wieder rum. Du tröstest mich
„wir sehen uns ja nächste Woche zweimal"
Dann gehen wir direkt zum Essen, du wieder mit Nachschlag. Wir unterhalten uns über die Leere im Club, wenig Männer und noch weniger Mädchen. Du fürchtest, dass das ein Teufelskreis wird, erst gehen die Mädchen, dann bleiben die Männer weg.
Dann gehen wir eingehakt vor. In dem Moment sage ich lachend zu dir
„wir haben ja vorhin die Abrechnung vergessen, pass nur auf, irgendwann vergesse ich es wirklich"
„dann werde ich dich schon erinnern"
Du lachst und bist mir nicht böse über meine Gedankenlosigkeit. Für mich ist unser Zusammensein so selbstverständlich, dass ich nicht über die direkte Bezahlung nachdenke. Es ist für mich nicht mehr so eng an eine Dienstleistung gekoppelt, auch wenn du das Geld selbstverständlich bekommst.
Dann verabschiedest du dich gleich im Vorraum, weil du noch ins Büro willst. So gehe ich zum ersten Mal seit langer Zeit wieder allein zur Treppe.
Nach dem Vortrag in der Sparkasse regnet es. Ich überlege kurz, dir eine SMS zu schicken. Dann denke ich, dass ich dich unnötig beunruhige und es vielleicht bis heute Nacht wieder aufhört.

Ich bin heute einerseits verzweifelt und traurig, andererseits doch ruhig und gefasst. Ich bin voller Vorfreude mit der Planung unserer nächsten Treffen beschäftigt.

Ich muss daran denken, dass ich eigentlich daran gedacht hatte, aus finanziellen Gründen unsere Treffen von Anzahl und Länge einzuschränken. Was für eine blöde Idee. Stattdessen hat es zugenommen. „Ein bisschen Pat" kann ich nicht. Spontan wünsche ich mir ein Treffen mit dir auch an diesem Freitag. Dann denke ich über eine leichte finanzielle Streckung nach. Für die „Haus- nebenan"-Doppeltage ist der Betrag klar vereinbart. Aber vielleicht wärest du mit 2/3 für die Einzeltage oder zusätzliche Treffen einverstanden, die mit keinem Verdienstausfall verbunden sind. Oder wir einigen uns auf einen Mittelwert, ohne den Anlass des Treffens zu betrachten. Ich habe ein wenig Angst, das Thema Geld anzusprechen. Aber dieses eine Mal werde ich es noch tun, dann werde ich es nie wieder erwähnen.

Ich schlafe durch und verschlafe daher deine SMS von 0:40: „Bin daheim stell dir vor es hat auch noch geregnet. Schlafe schön. Gute Nacht. Lg Pat".

Vom Büro aus antworte ich dir: „Guten Morgen Pat, ich bin wieder sehr froh über deine SMS. Heute habe ich frei, ein bisschen was mit meiner Frau unternehmen. Ich melde mich. Küsschen, lg Fred".

Nach den Besorgungen und Unternehmungen mit meiner Frau bin ich so heiß darauf, dich bald wiederzusehen und schreibe dir voller Sehnsucht: „Hallo Pat, am liebsten würde ich mich Freitag mit dir treffen. Ich habe Zeit. Hast du Zeit? Und Lust? Morgen rufe ich mal an, oder ist Donnerstag Stress? Ich umarme dich, ganz lG Fred".

Ich warte voller Spannung auf deine Antwort, glaube allerdings nicht wirklich, dass du Zeit hast oder darauf eingehst. Doch dann kommt deine Antwort nach einer halben Stunde: „Wäre toll. Könnte am Freitag Vormittag. Hoffe bei dir ist besseres Wetter als bei uns. Wünsche dir noch einen schönen Tag. Drücke dich ganz doll. Lg Pat".

Ich arbeite noch kurz im Garten und schreibe dir dann eine Mail, weil der Text mir zu lang wäre für eine SMS, und dazu eine SMS: „Liebe Pat, hörst du mich jubeln? Danke, danke, danke. Ich habe dir gerade noch eine Mail geschickt. Küsschen, lg Fred"

Dein gelegentlicher Kommentar „und plötzlich ist alles ganz anders" trifft schon wieder mal zu. Ich hatte nicht mal erwartet, dass du dich bei einem einzelnen „Haus-nebenan"-Tag mit mir triffst wie am Montag, jetzt schlage ich sehr spontan ein Treffen ohne Anlass vor und du bist sofort bereit. Es entwickelt sich wunderbar weiter. Ich bin so fröhlich.

Meine Mail: „Hallo Pat, noch Mal: jubel, jubel, danke, danke. Ob meine Frau bemerkt, wie fröhlich ich gerade bin? Auch ihr hast du damit wieder etwas Gutes getan. Hier ist es zwar wolkig, aber immer wieder auch sonnig, kein Regen. Ich habe gerade im Garten gearbeitet. Hoffen wir das Beste für Freitag. Vielleicht haben wir mal Glück. Oder sind wir etwa keine Engel? Ich habe noch ein paar Dinge auf Lager, die mir zu lang für eine SMS erscheinen.

Hast du schon ausprobiert, ob du das Fahrrad ins Auto bekommst? Wenn nicht, biete ich gern mein Auto zum Transport an. Frage: wohin eigentlich?

Den erwähnten Persönlichkeitstest findest du unter www.....de Mach ihn doch mal mit, dauert keine 5 Minuten. Ich mache ihn demnächst mal für dich und du bitte auch für mich, dann vergleichen wir die Ergebnisse. Wäre doch lustig, oder? Ich denke, wir nehmen das beide nicht so tierisch ernst, aber interessant finde ich es schon. So, das waren zunächst meine Anliegen. Nachher gehe ich noch Babysitten. Liebe Grüße, Fred".

Später kommt eine Antwort-Mail von dir:
"Hallo Fred, es ist schön, dass ich dich ein wenig glücklich machen kann! Ich werde das Fahrrad bestimmt ins Auto bekommen wäre doch gelacht!!! Aber trotzdem Danke für das Angebot. Ich werde diesen Test machen und erfahren wer ich wohl bin. grins. Fred ich wünsche dir einen schönen Abend und süße Träume. Schicke dir einen Gutenachtkuss. LG. Pat".

Ich kann immer noch nicht wirklich begreifen, dass ich dich gefunden habe, dass du Wirklichkeit für mich bist, dass wir uns so gut verstehen. Du interessierst dich für mich, du beschäftigst dich mit mir, du machst dir Sorgen um mich. Du bist ganz unglaublich wichtig für mich und für mein Leben. Das habe ich so noch nie erlebt, das ist ganz unbegreiflich wunderbar, das ist ein unbezahlbares Geschenk. Ich möchte, allein um meine Dankbarkeit zu zeigen, dich unterstützen so gut ich kann. Ich möchte, dass es dir gut geht, dann geht es auch mir gut. Ich bin sehr, sehr glücklich und ich liebe dich mehr denn je. Du bist eine wunderbare Frau.

Am Donnerstag bin ich einen langen Tag im Büro. Nachmittags bin ich ab 16 Uhr allein im Büro. Ich rufe dich an. Du bist gleich dran, sitzt allerdings gerade mit deiner Tochter im Zahnarzt-Wartezimmer, kannst also nicht ganz locker mit mir sprechen. Deine Tochter bekommt eine Zahnspange. Wir verabreden als Treffpunkt ein anderes Parkhaus. Ich sage dir, wie sehr ich mich freue. Wir sprechen übers Wetter, denn morgen soll es wieder mal regnen.
Ich bin wieder so glücklich. Deine liebe Stimme, unser beider Freude auf das morgige Treffen, sind einfach himmlisch.
Ich bin so dauerhaft glücklich und fröhlich seit deiner Zusage gestern und ich bin so aufgeregt. Schade, dass es wieder mal regnen soll. Allerdings ist es unterm Schirm auch nett zu zweit.

Vorm Einschlafen masturbiere ich erfolgreich.

Ich habe sehr gut geschlafen. Ich fahre noch kurz zum Geld abheben, dann auf die Autobahn. Nach kurzem Halt an der Raststelle wegen Haarteil, komme ich pünktlich an, bin kurz vor Neun im Parkhaus und rufe dich an. Du meldest dich fröhlich mit „bin gleich da" und kommst auch einen Moment später. Du hast eine Mütze auf, steht dir großartig. Du willst heute Nachmittag zum Friseur, schneiden lassen.

Wir laufen unter meinem Schirm zur Einkaufsstraße

Du erzählst, dass auch abends nicht mehr viel los gewesen ist im Club. Ich erwähne den Gutschein in der Zeitung, der vielleicht doch ein paar Gäste bringt.

Dann weise ich darauf hin, dass wir ein Händchen für besondere Daten haben wie Nikolaus, Valentin und heute den Schalttag für unsere Treffen.

Dann gehen wir Frühstücken. Du erzählst von der Zahnspange, die deine Tochter auch will, weil es trendy ist. Allerdings wollte sie eine feste, hat aber eine zweiteilige herausnehmbare bekommen. Außerdem sei sie hygienisch sehr empfindlich und hat die Spange erst nach mehrmaligem Waschen genommen und daheim hättet ihr geübt.

Du erzählst, dass du deinen Riester-Vertrag gekündigt hast, für dich sei klar, dass du sowieso in die Altersarmut gehst, da ist so

ein Vertrag sinnlos. Ich versuche dir Mut zu machen, dass sich für dich doch noch eine andere Lösung als die Armut findet.
„wenn z.B. eine meiner Geschäftsideen ein Erfolg wird"
Ich spreche von dem Zeitungsartikel über die Prostitution, den ich dir zum Lesen geben werde, und der bestätigt, dass ziemlich alle Männer regelmäßig zu einer Prostituierten gehen.
Du fragst, wie das Babysitting war. Du fragst nach dem ganzen Mittwoch und ich erzähle, wie ich letztlich meine Frau zum Anschauen von Küchenmöbeln gebracht habe. Ich schlage vor, dass wir uns mal zusammen Küchenmöbel anschauen können, weil mich interessieren würde, was dir gefällt.
Dann frage ich, warum du mich damals angesprochen hast. Du kannst dich noch sehr genau an die Situation und meine Ablehnung erinnern. Du nennst mir aber keine Gründe, scheinst dich aber jetzt nachträglich zu wundern, wie massiv du den Kontakt gesucht haben sollst. Ich fasse deine Hand und du drückst zurück und streichelst meine Finger mit deinen. In diesem Moment sind wir uns wieder sehr nahe und ich glaube zu spüren, dass du es auch so empfindest und dich damit auch wohl fühlst. Ich frage dich, ob es dir unangenehm oder peinlich ist, wenn ich dich öffentlich so liebevoll berühre.
„nein, gar nicht"
„bevor ich es wieder vergesse, grüße deine Freundin von mir"
Wir setzen uns nach außen in den Gang und du rauchst gleich zwei Zigaretten nacheinander.

Wir gehen eingehakt unterm Schirm bei starkem Regen durch das Kaufhaus zum Parkhaus. Im Kaufhaus nehme ich dich kurz an die Hand, aber das magst du nicht so und hakst dich wieder unter. Wir fahren mit meinem Auto und Navi-Hilfe zu einem Einkaufszentrum mit Möbelhaus. Du bist begeistert von meinem Navi, auch von der Einparkhilfe und dem ACC-Tempomat. An einer Kreuzung fasse ich deine Hand und sage, wie schön es ist, dass du jetzt mal in meinem Auto mitfährst. Du bist so selbstverständlich eingestiegen und schienst dich sofort heimisch zu fühlen, als sei es nicht das erste Mal.
Wir parken im Einkaufszentrum und gehen bei sehr starkem Regen zum Möbelhaus. Wir schauen uns Küchen und Garderoben an. Bei Küchen magst du die mit strukturierten Oberflächen, dem Design aus der Zeit meiner Großeltern, die ganz schlicht technischen gefallen dir nicht so, aber auch Holz ist nicht dein Fall. Dann sind wir noch in der Kleinteile-Abteilung, das gefällt dir immer sehr. Der Regen hat nachgelassen, wir gehen zurück zum Einkaufszentrum und du schlägst vor, noch etwas zu trinken. Zunächst gehen wir dort in den Media-Markt. Du kaufst eine CD, die du von einer damaligen Kollegin aus der Boutique kennst. Damals hat sie dir nicht gefallen, jetzt geht sie dir nicht mehr aus dem Kopf. Dann schaust du dir Pad-Kaffee-Automaten an und kaufst auch einen. Der Pad-Kaffee beim Lippentätowierer hat dir so gut geschmeckt. Bisher trinkst du oft löslichen Kaffee, den ich gar nicht mag.

„du hast sicher auch bald einen Kaffeeautomaten"
Wir trinken Apfelschorle im Eiscafe. Du erzählst, dass du abends mit den Kindern, deiner Schwester mit Kind und Eurer Großmutter zum Pizza-Essen gehst. Dann ringe ich mich nach langem Zögern doch durch, das Finanzielle anzusprechen. Du sagst sofort, wie peinlich es dir immer ist und dass du nicht hinschaust, am liebsten hättest du es in einem Umschlag, damit du es nicht siehst. Dann erläutere ich dir meine Überlegung, dass der Betrag für zwei Tage Verdienstausfall abgemacht war, aber dass wir uns bei einem Tag „Haus-nebenan" oder ohne Verdienstausfall wie heute vielleicht auf 2/3 einigen könnten, dass ich aber nicht handeln will, sondern nur meine Gedanken ehrlich äußern möchte. Dir ist es sehr unangenehm, aber du deutest auch sehr professionell an, dass die gleiche Zeit (4 Stunden, ob „Haus-nebenan" oder hier) eben diesen Preis haben. Du ergänzt dann, dass du gegen deine Prinzipien verstoßen würdest, wenn du unterscheidest. Das führe dann schließlich zu einer sehr persönlichen Ebene, häufigerem Treffen, Geldmangel und Handeln. Für dich sei klar, wenn es finanziell schwierig werde, dann muss man sich eben seltener treffen, ein Abgleiten in die private Ebene kommt für dich nicht in Frage.
Ich ärgere mich, es angesprochen zu haben, denn genau diese Antwort habe ich eigentlich erwartet. Ich verkneife mir die Feststellung, dass jede Woche 2/3 immer noch mehr ist als alle 14 Tage der volle Betrag und erwähne auch nicht mein Kom-

promissangebot von einem Mittelwert jedes Mal. Ich erkläre dir stattdessen, wie wichtig und wertvoll du für mich bist und es sowieso unbezahlbar ist, dass es dich für mich gibt.

Dann versuche ich abzulenken, fröhlich über anderes mit dir zu sprechen und lasse mir bestätigen, dass es bei nächsten Freitag bleibt. Wir sprechen wieder über meine Buchideen, du zeigst auf einen Buchladen und wir reden darüber, wie es wäre, wenn wir eines Tages zusammen einen Band meines Buches kaufen. Als wir in die Tiefgarage gehen, spielt dort jemand Akkordeon. Ich stelle fest, dass ich zwar diese Musik nicht so besonders mag, aber dass sie mir schon in den Beinen juckt, ich am liebsten lostanzen würde. Du schaust mich fröhlich an und lachst „wirklich? Toll"

Du kannst wieder lachen, es ist wunderbar.

Es regnet nicht mehr. Im Auto fasse ich dich bei den Händen und wir geben uns ein Küsschen.

Wir reden kurz über unsere weiteren Unternehmungen bei den nächsten Treffen und möglichst schönem Wetter. Ich sage, dass ich von meinem Begleitservice dann schon Vorschläge erwarte und lächle dich an.

„allerdings habe ich heute die Küchenmöbel vorgeschlagen"

Wir fahren zurück. Du möchtest nicht zusammen zum Parkhaus fahren, sondern in der Nähe abgesetzt werden. Außerdem sei nach 11 Uhr die Zufahrt über die Einkaufsstraße nicht erlaubt. Ich versuche trotzdem nahe ran zu kommen, muss dich dann aber doch wegen der Straßenführung absetzen. Ich zähle das Geld ab und drücke es dir in die Hand. Du schaust mir tief in die Augen (geht doch) und wieder nicht zum Geld und steckst es ein mit einem Danke-Küsschen. Dann gehst du mit den Einkauftüten los, drehst dich aber noch einmal um und winkst mir heftig zu, ich winke zurück. Dann muss ich mich auf die Heimfahrt machen.

Ich bin sehr traurig und denke immer wieder über meine und deine Lage nach. Nicht nur ich, auch du, wir beide sitzen in einer finanziellen Falle, denn du hast keine andere Versorgung. Einige Tränen laufen mir über die Wangen.

Wegen etlicher Staus zieht sich die Fahrt. Kurz vor der Ankunft überlege ich, ob du jetzt beim Friseur fertig bist. Da meldet mir das Handy eine SMS von dir, die ich auf dem nächsten Parkplatz lese:

„Fred ich danke dir noch mal. Wenn ich das Geld nicht unbedingt bräuchte dann… Aber ich muss noch soviel bezahlen. Dank deiner Hilfe kann ich dies. Gehe auf die 40 und habe keinerlei Absicherung und lange kann ich das auch nicht mehr machen. Würde dir wirklich gerne entgegenkommen. Verzeih. Bis bald lg Pat".

Ich antworte sofort bei meiner Ankunft: „Liebe Pat, bin heil zurück nach Staus. Mache dir bitte nicht so viele Gedanken, es ist alles wunderbar mit uns. Habe heute wieder Schokolade vergessen, tut mir leid. Viel Spaß beim Pizza Essen. Bis bald Küsschen, Fred"

Dies ist so eine lange, wohl die bisher längste SMS von dir, und sie geht mir so nahe. Du machst dir also schon Sorgen um unsere Beziehung und wenn es nicht eiskalte Berechnung ist, was ich wirklich nicht glaube, dann signalisiert mir dieser Text sehr viel Nähe und Zuneigung. Ich bin weiter traurig, aber trotzdem glücklich.

Mit dieser SMS hast du mir wirklich wieder Mut gemacht, dass unsere Beziehung weiter besteht und es eine wunderschöne Zeit bleibt.

deine SMS ist offenbar aus dem ganz spontanen Bedarf entstanden, dich ehrlich zu offenbaren und mir damit zu helfen meine Traurigkeit zu überwinden.

Du schilderst ganz ehrlich deine Beweggründe, die mir schon immer genauso auch durch den Kopf gegangen sind und die ich vollkommen einsehe, du bist auf das Geld angewiesen, du kannst dir keine private Affäre leisten, wenn dein Lebensunterhalt nicht gesichert ist. Aber gleichzeitig gibst du Hinweise, dass du auch mich verstehst und deutest hoffnungsvolle Hintertürchen an. Du bist wirklich eine wunderbare Frau, man muss dich einfach lieben.

Ein kleiner Schatten schwingt sich durch meine Gedanken, dass ich nicht der Einzige bin. Ich muss wieder über meine Annahme nachdenken, dass dieser abendliche Stammgast Peter deine Handy-Nummer hat und du seine.

Möglicherweise bin ich nicht der einzige, nicht der erste und nicht der letzte Mann, der dich finanziell so unterstützt. Aber dann betrüge ich mich eben selbst, ich mache dir keine Vorwürfe. Du bist sehr ehrlich, du hast mir keine Liebe vorgegaukelt. Ich möchte dir helfen und ich genieße es, mit dir zusammen zu sein. So ist es eben. Ich liebe dich, alles andere ist egal. Der wirklich einzige Grund, warum ich über das Finanzielle so traurig bin, ist die Gewissheit, dass es deshalb in fast absehbarer Zeit unabwendbar vorbei sein wird. Möchtest du gar, dass dieser Zeitpunkt möglichst bald kommt, bevor deine Zuneigung zu mir doch noch zu groß wird?

Ist es nun meine Liebe zu dir, die mir den Antrieb zu anderen sexuellen Aktivitäten nimmt oder ist es nur der finanzielle Grund. Zunächst bin ich betrübt, dass ich mir nicht ganz sicher bin. Aber dann wird mir klar, dass ich dir ja wegen meiner Liebe alles Geld zukommen lassen will. Eigentlich gibt es also keine zwei verschiedenen Gründe für mein Verhalten.

Dann bin ich mir wieder sicher, dass unsere Beziehung auch von deiner Seite etwas Besonderes ist. Es gibt so viele Dinge und Erlebnisse in der kurzen Zeit, die nur uns auf diese Weise miteinander verbinden. Und du kannst dir alles über mich merken. Das müsste von deiner Seite natürlich noch lange keine

Zuneigung oder gar Liebe sein. Aber ich bin verliebt und deshalb ein bisschen verrückt, Argumenten nicht zugänglich.

Aber sofort habe ich ein schlechtes Gewissen in dem Gefühl, dass ich dir Unrecht tue und dass unsere Beziehung in dieser Form wirklich besonders ist, nur ich dich vorm "Haus-nebenan" bewahre und ein labiles Gleichgewicht besteht zwischen deiner vertrauensvollen Zuneigung und meiner finanziellen Unterstützung.

Natürlich habe ich wieder die Sorge, dass viel zu schnell das Ende des Geldes erreicht ist, wenn nicht ein Wunder geschieht und ich sehe wieder die Szene vor mir wie ich dir sage

„heute bin ich das letzte Mal mit dir zusammen, ich bin finanziell an die Wand gefahren. Ein bisschen Pat schaffe ich nicht, also bleibt mir nichts anderes übrig, als unsere Beziehung jetzt endgültig zu beenden".

Ich will nicht glauben, dass das wirklich eines Tages geschieht und ich habe Angst davor. Natürlich muss ich auch immer darauf gefasst sein, dass du wegen einer anderen Lebensplanung unsere Beziehung beendest.

Aber heute Abend bin ich doch ruhig, gefasst und voller Vorfreude auf unsere nächsten Treffen. Wann immer meine und deine Termine es zulassen werde ich versuchen, mich mit dir zu treffen. Unsere Beziehung hat sich immer wieder so schnell und positiv entwickelt, auch wenn es jeweils kurz davor noch unvorstellbar war. Ich will einfach glauben, nein ich bin mir sicher, es wird so weitergehen und es werden sich weiterhin alle Probleme lösen lassen. Die schöne Zeit, die wir verstärkt seit Jahresanfang miteinander haben, wird weiter Bestand haben, sich stabilisieren und positiv weiterentwickeln.

Ich glaube ganz intensiv zu spüren, dass du das auch möchtest.

Dann denke ich darüber nach, ob es überhaupt ein „Wir" geben kann, selbst falls es mir finanziell sehr gut gehen sollte. Würdest du dich nicht gekauft fühlen und deshalb trotzdem keine Beziehung mit mir eingehen, weil deine Zuneigung nicht ausreicht, keine Liebe ist? Ich hätte deine Liebe nicht gewonnen, sondern gekauft?

Aber sind wirklich nur und ausschließlich Sympathie und Zuneigung Kriterien für die wahre Liebe?

Das ist Träumerei, es kommt immer etwas dazu, Interessen an Musik, Kunst, Kinder, Lesen, Reisen oder Sport.

Oder es gibt ausgleichende Gegensätze wie introvertiert / extrovertiert, Geld verdienen / Geld ausgeben, Workoholic / private Aktivitäten.

So kann es sowohl sein, dass Zuneigung durch diese anderen Gründe ergänzt wird, als auch, dass sich Zuneigung entwickelt, nachdem man sich aus anderen Gründen kennengelernt hat. Insofern ist unsere Beziehung gar nicht so außergewöhnlich.

Auch eine „gute Partie" ist meistens nicht ohne Zuneigung und Sympathie, es kann sich immer eine liebevolle Partnerschaft entwickeln.

Wirklich ohne Zukunft wird es sein, wenn gar keine Zuneigung und Sympathie vorhanden sind. Aber Zuneigung und Sympathie allein reichen auch meistens nicht, um nach einer aufflammenden Liebe eine liebevolle Partnerschaft langfristig aufrecht zu erhalten. Deshalb sollte man scheinbar äußerliche oder berechnende Gründe für eine Partnerschaft nicht abwerten. Gerade wenn eine Zuneigung langsam wächst nachdem man sich anders als nur durch aufflammende Liebe auf den ersten Blick kennengelernt hat, kann große, andauernde Liebe daraus entstehen. Eigentlich bietet deshalb unsere Beziehung gute Voraussetzungen, dass wir doch irgendwann in gegenseitiger Liebe zueinander finden. Und wegen deiner Versorgung ist eine gute finanzielle Grundlage eine Mindestvoraussetzung und deshalb in keiner Weise verwerflich. Ich sollte dann genauso wenig wie du das Gefühl haben, ich hätte deine Liebe gekauft.

Die Enkelkinder übernachten heute hier, darum schlafe ich allein im kleinen Zimmer. Ich kann und will mich nicht zurückhalten, schaue ein paar Pornofilme am PC und erreiche einen wunderbaren Höhepunkt. Aber du bist bei mir, das Träumen von dir verdrängt zeitweise sogar den Blick auf den Film.

Samstags Vormittag bin ich voller Aufregung, weil ich dich mittags aus dem Auto anrufen möchte. Ich bin mir so sicher, dass es klappen wird. Ich schaue dein Foto auf deinem Handy an, es ist mir unvorstellbar, mich jemals wieder von dir trennen zu müssen.

Heute tobt ein Orkan in ganz Deutschland, heftiger Hagel verwandelt alles in eine Winterlandschaft.

Mittags fahre ich die Kinder heim und rufe dich auf der Rückfahrt an, erreiche dich aber ganz unerwartet, auch beim zweiten Versuch nicht. Ich schicke dir sehr enttäuscht eine SMS: „Hallo Pat, ich war gerade im Auto unterwegs, habe dich leider nicht erreicht, versuche es heute oder morgen noch mal bei passender Gelegenheit. Schöne Zeit, bis bald, ich umarme dich, lg Fred".

Ich hatte mich so auf dieses Gespräch gefreut, hatte schon deine fröhliche Stimme im Ohr. Nun ist es leider nichts geworden. Ich war so sicher, weil du auf meine Frage gestern gesagt hast, du hättest nichts vor am Wochenende und bei dem angekündigten Orkan sollte man nicht raus gehen. Aber du hast sicher deine Gründe, nicht ranzugehen oder das Handy stumm zu schalten, es geht mich nichts an. Natürlich kommt gleich wieder die Sorge, ob es dir gut geht. Sehnsüchtig schaue ich immer wieder nach, ob eine Antwort von dir kommt. Aber wenn du beschäftigt bist oder gar nicht willst, dass ich dich heute anrufe, dann wirst du nicht antworten. Noch schlimmer wäre eine abwiegelnde SMS, dass es heute und morgen bei dir ungünstig ist mit dem Anrufen. Warum können meine Gefühle meinem Kopf nicht einmal Ruhe gönnen?

Aber trotz des fehlenden Telefongesprächs bin ich heute wieder sehr ruhig, zufrieden und glücklich und freue mich auf unser nächstes Treffen.

Als ich Sonntag morgens aufwache, sind meine Gedanken sofort bei dir und natürlich den finanziellen Sorgen, dass ich doch bald am Ende des Geldes ankomme. Plötzlich fällt mir ein, dass ich ja von dem fällig werdenden Festgeld im Mai etwas abzweigen wollte. Also kann ich prima alles bis zum Sommer decken, ich bin unheimlich erleichtert. Aber werde ich genügend zurückhalten können, um mein Auto im November übernehmen zu können. Ich werde mir zunächst mal keine großen Gedanken machen.

Vormittags rufe ich dich vom Arbeitszimmer an. Du bist gleich mit einem fröhlichen Hallo dran. Du bist offen und lieb, wir plaudern über unseren Alltag. Du fragst, ob ich fit bin, hast also an den gestrigen Ball gedacht. Du bist mit dem Friseurergebnis nicht zufrieden, ich bin gespannt. Ich erzähle vom Hagel und du meinst dann, möglicherweise ist der Winter doch noch nicht vorbei. Ich mache mir schon Sorgen um deine Fahrten mit Sommerreifen. Du ermahnst mich, heute Abend auf jeden Fall meine Freundin anzurufen! Ich erzähle, dass ich wohl heute Nachmittag wieder Tanzen gehe. Wir wünschen uns gegenseitig einen schönen Tag, du bedankst dich für meinen Anruf.

Mir geht es so gut nach diesem Gespräch, ich kann sehr entspannt Tanzen gehen. Als der Tanztee beginnt ist genau Halbzeit zwischen dem letzten und dem nächsten Treffen. Ich freue mich riesig, dass wir uns diese Woche wieder zweimal treffen.
Abends schreibe ich dir eine SMS: „Hallo liebe Pat, nach unserem Gespräch geht es mir richtig gut. Ich freue mich auf Dienstag. Schlafe gut, träume süß, ganz liebe Grüße, Fred".
Nach wenigen Minuten kommt deine ganz liebe Antwort. Das SMS-Signal ist ein so wunderbarer Klang. Wenn ich ahne, dass es von dir kommt, dann geht mir ein wohliges Gefühl, das reine Glück, durch und durch: „Das freut mich. Hoffe du hattest einen schönen Mittag. Schlafe auch schön. Dicken Kuss".
Ich bin so glücklich, dass du wirklich nicht nur zur Kenntnis genommen, sondern auch geantwortet hast.

Ich schlafe in dieser Nacht durch, ruhig und fest. Morgens ist dann sofort die Freude über unsere zwei Treffen in dieser Woche wieder da.
Meine Kollegin meldet sich krank. Noch vor einem halben Jahr wäre das ein klares Signal gewesen, mittags einer sexuellen Aktivität nachzugehen. Ich hätte das auf jeden Fall gemacht. Und verglichen mit den Beträgen, die ich dir zukommen lasse, würde es jetzt finanziell auch keine Rolle spielen, wenn ich heute gehen würde. Aber ich will und muss nicht. Ich brauche nur noch dich und ich bin glücklich darüber. Ich bin so glücklich

wie in meinem ganzen Leben noch nie. Es ist einfach wunderbar, von dir und von unseren Treffen zu träumen.

Immer wieder schaue ich mal aufs Handy, ob ein Gruß von dir kommt. Aber vergeblich. Ich würde dir schon gern einen Gruß schicken oder dich sogar anrufen. Aber nach wie vor möchte ich dich auf keine Weise bedrängen. Ich halte mich zurück, nur morgen früh werde ich dir wieder gute Fahrt wünschen und an die andere Zeit nachmittags erinnern. Immer wieder mache ich mir Sorgen wegen des leichten Wintereinbruchs am Dienstag/Mittwoch und hoffe, dass deine Strecke nicht so sehr betroffen sein wird.

Insgesamt schwebe ich den ganzen Tag in einem wohligen Glücksgefühl. Trotz der nicht abnehmenden Aufregung über das wieder kurz bevorstehende Treffen, ist diese Klarheit über unser jetzt doch sehr häufiges Zusammensein sehr beruhigend. Ich mache alles mit klarem Kopf, auch das Tanztraining abends, ich zähle nicht mehr ständig die Stunden. Nur einmal am Ende des Trainings überlege ich, dass es noch genau 20 Stunden sind. Zweimal bin ich nachts ganz kurz wach und es ist sofort der Gedanke da „heute ist Dienstag".

Endlich wieder der Tag der Tage.

Kaum im Büro schicke ich dir eine SMS: „Guten Morgen Pat, ich mache mir Sorgen wegen angesagtem Winterwetter. Mein holen/bringen Angebot gilt. Dann rufe an. Sonst gute und unbehelligte Fahrt. Heute erst um 16:30, bis dann, Kuss und Gruß, Fred".

Deine Antwort kommt schon nach wenigen Minuten: „Mache dir nicht soviel Sorgen. Wird schon gut gehen. Dir einen schönen Tag. Bis später. Lg Pat".

Genau mit dieser Antwort habe ich gerechnet, ich mache mir trotzdem Sorgen. Ich hoffe aber, dass es genau auf dieser Strecke nicht so stark schneit und die Straßen gestreut sind, schließlich bist du ja nur auf Autobahnen unterwegs. Aber heute habe ich dir mindestens eine Antwort entlockt, darüber freue ich mich natürlich. Jedes Lebenszeichen von dir lässt mich jubeln. Dieser kurze SMS-Kontakt gibt mir heute so viel Ruhe und Zufriedenheit. Jetzt hoffe ich nur, dass es mit der neuen Zeit heute auch alles gut läuft.

Ich würde gern trotzdem mit dir Essen gehen, aber da wird wohl schon der nächste Stammkunde warten.

In einer Sitzungspause mache ich mich wie geplant auf den Weg. Da es heute später ist und außerdem Schnee liegt und weiterer fällt, mache ich mir kurz Sorgen, mich zu verspäten. Aber ich komme pünktlich an und parke direkt neben dir. Als ich rein komme, stehst du an der Theke ins Gespräch mit einer Angestellten vertieft. Dann siehst du mich, du hast schon unseren Kaffee bereitet. Wir setzen uns aufs Polster. Wir reden übers Wetter und dass ich mir Sorgen um deine Rückfahrt mache. Wir hoffen beide, dass die Straßen dann geräumt und gestreut sind.

Du hast das Fahrrad gerade so in den Kofferraum bekommen und heute mitgebracht. Ich sage dir, dass deine kürzeren Haare wirklich schick aussehen, dir gut stehen, du gar keinen Grund hast, unzufrieden zu sein. Du freust dich offensichtlich über mein Kompliment.

Du cremst deine Lippen ein, denn sie sind immer noch sehr trocken und erzählst mir, dass man damit vorsichtig sein sollte, weil man davon süchtig werden könnte, immer wieder den Bedarf hat, sich die Lippen einzucremen.

Dann ruft deine Tochter an. Du springst schnell raus in die Küche, kommst aber bald im Schnelllauf zurück. Es war kein besonderer Grund für den Anruf. Dann sagst du, dass du beim nächsten Termin die Lippen etwas heller nacharbeiten lassen möchtest. Ich bin gespannt, habe nichts dagegen, du musst das selbst wissen, aber ich finde die jetzige Farbe nicht zu kräftig.

Ich erzähle, dass ich vergessen habe, meine Freundin anzurufen vor lauter Nachdenken über den Schneefall, aber dass ich morgen Abend mit ihr essen gehe. Das findest du toll.

Ich spreche dich auf die heutige Zeitplanung an, weil es später als sonst ist und ob wir trotzdem noch essen gehen können, oder zwischendurch. Du findest es doof, sich zwischendurch wieder anzuziehen, und möchtest lieber danach essen gehen. Der andere Gast kommt oft sehr spät und es macht auch nichts, wenn er schon da sein sollte, er wartet und er wäre schon oft dagewesen, wenn wir essen gegangen sind. Ich frage dich dann, ob das der

Peter ist, was du bestätigst. Dann spreche ich noch mal an, dass du mich einmal am Telefon so genannt hast, was dir sehr peinlich war und immer noch ist. Dann erzähle ich dir von der Szene beim Kalenderkauf, wie die Betreuerin beim Telefonat mit der Chefin mich mit „Peter?" fragend angesehen hat. Du lachst mit mir, bist aber doch ein wenig peinlich berührt. Dir ist wie mir klar, dass die Chefin dich stärker mit Peter als mit mir in Verbindung bringt. Und sicher ist dir auch klar, dass ich den Schluss ziehe, dass Peter deine Telefonnummer hat. Ich sage dann mehr tröstend

„es macht doch nichts, ich weiß es doch, wir wissen wo wir hier sind. Aber es zeigt mal wieder, es kommt alles raus"

Du bestätigst das lächelnd. Dann erzählst du, dass du in der Betriebsanleitung vom Navi gelesen hast, dass man es an einen FM-Empfänger anschließen kann. Ich bestätige dir noch mal meine schon damals geäußerte Meinung, dass die TMC-Daten über FM-Verkehrsmeldungen kommen. Ich bin mir sehr sicher, verspreche dir, mich noch mal schlau zu machen. Du bist etwas enttäuscht, dass du TMC nicht eigenständig nutzen kannst.

Während ich dich streichle bricht es plötzlich aus dir heraus, dass dich manche von mir geäußerten dunklen Gedanken sehr verletzt haben. Du bist sehr aufgeregt, fühlst dich total verkannt. So bist du nicht, du bist immer ehrlich gewesen, du hast mir nichts versprochen, keine Hoffnungen gemacht, hast mich nicht ausgenommen. Ich sei doch hier her gekommen, um mich mit deiner Dienstleistung verwöhnen zu lassen. Das ist doch der Zweck des Clubs, in der Zeit glücklich zu sein. Du willst mich als Gast verwöhnen, nicht ich soll dich verwöhnen (!!). Wenn du damals diese Gedanken von mir schon gekannt hättest, dann hättest du den Vorschuss für das Auto niemals angenommen. Du bist wirklich verletzt, empört, sehr ärgerlich. Das tut mir sehr leid, und auch sehr weh, es ist schlimmer als ich befürchtet habe.

Ich versuche dich zu trösten, ich habe mich für die Gedanken selbst gehasst, es nicht wirklich geglaubt, aber sie waren da. Aber ich habe dich in Gedanken immer sofort bereits um Vergebung gebeten und weise dich darauf hin, dass es jetzt alles anders ist, alles in Ordnung.

Auf meine Frage, ob ich aufkommende dunkle Gedanken nicht mehr erwähnen soll, meinst du

„auf keinen Fall".

Das klingt schon wieder sehr lieb und versöhnlich. Es hat dich aufgewühlt, das hast du mir nicht vorenthalten. Aber du hast mir verziehen. Ich habe sogar das Gefühl, es hat dich mir wieder näher gebracht. Du spürst das auch, willst es aber nicht wahr haben.

Du fragst, ob ich neues von den Konkurrenzeinrichtungen weiß, was nicht der Fall ist. Ich erzähle von dem Gutschein, der vielleicht doch einige hierher lockt, den ich auch nutze. Du fragst lächelnd, wie ich den denn ausschneide, ohne dass meine Frau etwas bemerkt. Ich erkläre dir, dass ich das eine Woche später tue und den Rest der Seite mit dem Shredder beseitige. Du überlegst, dir auch einen Shredder zu kaufen.

„findest du, dass ich zu viel zum Tanzen gehe?"

„nein, wenn es dir Spaß bringt"

Dann reden wir über meine Tanzaktivitäten und die Probleme, die meine Frau zunehmend hat. Plötzlich fragst du, ob es mir damals etwas ausgemacht hat, wegen der Kinder so viele Jahre nicht wegzugehen, ich antworte wahrheitsgemäß, dass ich nichts vermisst habe.

„und warum würde es dir jetzt etwas ausmachen, wenn du wegen deiner Frau aufhören müsstest?"

Ich bin verblüfft, weiß spontan keine Antwort, denke nur über den Unterschied nach.

„die Kinder haben mich ausgefüllt, aber jetzt wäre es Verzicht ohne Ersatz"

Ich denke außerdem daran, dass ich meine Frau auch nicht mehr liebe und es mir darum schwer fällt, ihretwegen zu verzichten.

Dann darf ich dich nach langem Rückenstreicheln auch wieder mit Händen, Fingern und Zunge verwöhnen. Es ist ganz wunderbar, wie direkt und heftig du auf meine Liebkosungen reagierst. Ich bin ganz sicher, dass es für dich auch ganz wunderbar war.

„kommst du hier auch zum Höhepunkt bei Verkehr?"

„ja, manchmal, meistens geht es aber zu schnell"

Dann sprichst du mein Sexleben mit meiner Frau an. Ich schildere ausführlich den Beginn und die Entwicklung und wie ich sehr spät darauf gekommen bin, dass meine Frau asexuell ist, obwohl sie sehr jung schon zwei Männer vor mir hatte. Schließlich fragst du wieder, ob meine Frau mich wirklich nie oral befriedigt hat. Ich erzähle, wie ich sie das erste Mal unmittelbar nach meiner Beschneidung dazu bewegen konnte, mich wenigstens mit der Zunge zu befriedigen, weil nichts anderes in dem Zustand möglich war. Das hat sie dann und danach hin und wieder getan, aber nie das Glied in den Mund genommen. Du bist erstaunt und wunderst dich, dass ich nicht viel eher bemerkt habe, dass wir nicht zueinander passen.

Du hast dich mit deiner Freundin gestritten, warst beleidigt wegen ausgebliebenem Anruf, bist eifersüchtig auf ihren Freund. Er ist heute da, vielleicht mehrere Tage.

du hast dich zurückgezogen und wieder nicht den ersten Schritt gemacht, aber sie hat eine SMS geschickt. Du bist traurig, weil du sie ganz für dich haben willst. Du tust alles für sie, aber es kommt nichts zurück. Du wärest gern mehr und enger mit ihr zusammen. Du brauchst Euren täglichen Bummel miteinander, hättest aber gern mehr von ihr.

„wenn ich mich verlieben würde, dann würde ich mit ihr Schluss machen"

Ich bin verwundert und erschrocken, aber du meinst

„topp oder hopp".

Wäre ich dein Partner, würde ich das gar nicht verlangen. Dann denke ich darüber nach, ob du gerade überlegst, dass du dich doch einmal in mich verlieben könntest. Willst du mir nun ein Zeichen geben, dass das doch einmal passieren könnte, erwartest du meine Meinung dazu? Oder willst du mir das Zeichen geben, dass wir uns langfristig treffen können, weil du wegen deiner Freundin eben nicht nach einem Traumprinzen suchst. Ich habe keine Lösung für dich, weiß auch nicht, ob und was du von mir erwartest. Ich versuche dich zu trösten und in der Freundschaft zu deiner Freundin zu bestärken, denn du hast auch etwas davon. Du betonst, dass gar nicht das Sexuelle das Ziel ist, du gar nicht sicher bist, ob du das könntest und ob sie es möchte. Bisher habt ihr das nur hier im Club gemacht, wobei du die Aktive warst. Aber du bist eben sehr eifersüchtig auf ihren Freund und möchtest Sie wieder ganz für dich und hoffst, dass sie dann auch etwas für dich tut.

Ich sage, dass deine Freundin vielleicht nicht auf den Kontakt mit Männern verzichten möchte und es deshalb keine Lösung gibt. Du musst nicht topp oder hopp denken, sondern einen dritten Weg erwägen und gehen. Natürlich denke ich daran, dass du mit deiner Freundin und ich mit meiner Freundin befreundet bleiben und wir zwei ein Paar sein könnten. Das sind aber wohl nur eigennützige Gedanken.

Du meinst, ihr Freund würde dich auch nicht akzeptieren, und fragst, ob ich einen Dritten zulassen würde und wie es beim

Mann meiner Freundin war. Wir reden und fantasieren ein bisschen über die Konstellationen und Gefühle.

Du möchtest eine festere Bindung an deine Freundin, ich bin gebunden an meine Frau. Würde eine Trennung auf deiner oder meiner Seite etwas an unserer Beziehung ändern?

War dein Mitteilungsbedürfnis wegen deiner Freundin, war deine Überlegung „was wäre wenn du dich verliebst", ein Hilferuf nach einer Lösung? Beginnst du doch, Liebe für mich zu empfinden und versuchst es theoretisch aufzuarbeiten? Möglich wäre es, aber gegen jede Vernunft, und das spürst du, das weißt du. Darum betonst du auch deine Rolle als Dienstleiterin in unserer Beziehung, weil nicht sein darf was nicht sein kann.

Obwohl du also immer wieder den klaren Abstand zwischen uns betonst, alles nur kommerziell betrachtest, spüre ich in den Formulierungen, zwischen den Zeilen, an deinen Emotionen, dass wir uns doch wieder ein Stück näher gekommen sind. Du tust mir leid und ich tue offenbar dir leid. Mehr willst du nicht zulassen.

Dann sprichst du wieder über meine Frau. Du redest wie meine Freundin.

„hau auf den Tisch, setze dich durch. Du bist schwach, gibst nach"

„letztlich muss immer ich alle Entscheidungen fällen und bekomme dann Vorwürfe dafür. Alles wird gegen mich verwendet. Das finde ich nicht schwach"

Du schlägst vor, dass ich abends mal Spiele mit ihr spielen soll oder beim TV kuscheln. Ob ich nie daran gedacht habe, mit ihr zum Arzt zu gehen und den Alkoholismus zu bekämpfen. Erst später fällt mir der eigentliche Grund für mein Verhalten ein. Ich liebe meine Frau nicht mehr, es ist mir egal, wie es ihr geht und ob sie sich zugrunde richtet.

Ich sage dann, dass du dir offenbar Gedanken und Sorgen um mich machst!

Du sagst ganz lieb „JA".

Das tut so gut, bisher hast du immer gesagt, du denkst nichts, wenn ich dich gefragt habe. Jetzt gibst du es zu und du bist mir dabei so nah.

Anschließend verwöhnst du mich, auch mit Hoden-Massage, mit dem Mund und zärtlich ausgedehnt. Es ist ganz wunderbar, aber am Schluss muss ich heute doch nachhelfen und habe auch Mühe, aber erreiche dann fast ohne Erektion einen explosiven Höhepunkt. Ich bedanke mich bei dir, denn es war wunderschön so ausgedehnt.

„jetzt hat meine Dienstleisterin aber hart arbeiten müssen"

Du lächelst

„hast du kürzlich erst...?"

„nein, Freitag, wie letzte Woche"

Eigentlich ist unsere Zeit rum, das finde ich jetzt etwas hektisch und schlage vor, noch eine halbe Stunde zu bleiben, du bist einverstanden. So können wir uns noch ein wenig unterhalten und streicheln.

Du bestätigst mir, dass mit nächsten Freitag alles klar ist. Ich sage, dass es nächsten Dienstag wieder 16:30 sein wird.

Dann gehen wir Abrechnen und danach eingehakt zum Essen. Wir sprechen über meine morgige Verabredung zum Essen mit meiner Freundin. Du fragst nach meiner Ausrede daheim. Kurz weiß ich keine Antwort, dann fällt sie mir ein und ich sage lachend zu dir

„keine, ich bin ganz offiziell mit meiner Freundin Essen"

Du lächelst, das gefällt dir offenbar.

Ich spreche dich darauf an, dass die Chefin mich nicht mehr freundlich anschaut, mich gar nicht mehr zur Kenntnis nimmt, seit wir uns extern treffen. Du hältst das für Zufall. Wir sind uns dann einig, dass sie wohl Sorgen wegen der Konkurrenz hat.

Du wunderst dich, dass heute deine Kinder gar nicht mehr anrufen.

Dann bringst du mich zur Treppe, versprichst mir, dich heute Nacht zu melden, denn ich mache mir besondere Sorgen wegen des Wetters. Dann verabschieden wir uns ganz zärtlich. Du bleibst noch stehen und winkst mir nach. Also scheint Peter noch nicht da zu sein.

Ich bin den ganzen Abend in Gedanken bei dir und in Sorge um deine Heimfahrt. Trotzdem denke ich daran, meiner Freundin eine SMS zu schreiben, weil ich mich nicht mehr gemeldet habe.

Ich bin neidisch auf Peter, nicht nur weil er nachher bei dir ist, sondern auf ihn und andere Stammgäste, die sich finanziell nicht so verausgaben und weiter deine treuen Gäste sein können, wenn ich am Ende des Geldes angekommen bin. Werde ich es dann doch fertig bringen, wieder nur ein normaler Stammgast zu sein? Eigentlich habe ich vorhin argumentiert, dass es neben „hopp oder topp" immer noch einen dritten Weg gibt. Werden wir das wieder miteinander können. Du sicher eher als ich, aber du wirst meine finanzielle Unterstützung vermissen und dich anderweitig orientieren. Ich werde leiden oder es gar nicht ertragen.

Um 3 Uhr wache ich auf und finde deine SMS von 1:40: „Habe es geschafft du glaubst nicht wie müde ich bin. Schlafe gut. Dicker Kuss".

Früh im Büro antworte ich dir: „Liebe Pat, heute war ich dann ganz besonders beruhigt, danke, auch wieder für die schönen Stunden. Dein Vertrauen und deine Ehrlichkeit machen mich glücklich, danke. Küsschen glg Fred".

Tagsüber mache ich mich wegen TMC-FM schlau, habe aber leider deine Mailadresse nicht sicher im Kopf.

Abends gehe ich mit meiner Freundin beim Griechen Essen. Es ist fast wie in alten Zeiten und ich spüre ganz intensiv, dass sie

die alten Zeiten wieder herbeiführen möchte. Einerseits argumentiert sie in ihrer sachlichen Art, dass ich selbst wissen muss, was mir wichtig ist, aber sie könne nicht verstehen, dass mir die Kinder so wichtig sind und mir das nicht langweilig ist. In dieser Frage finden wir keine gleiche Ebene, sie ist eifersüchtig auf meine Enkel. Andererseits entlockt sie mir Zusagen, dass wir wieder häufiger zusammen Essen gehen. Leider ist ihr Tagesvorschlag der Dienstag, dein Tag. Das wird schwierig.
Kaum daheim schicke ich dir eine Mail:

„Hallo Pat, zum Thema TMC und FM habe ich ein bisschen gesucht und einiges gefunden. Zum einen folgendes: "Der GARMIN nüvi 760 verfügt über einen integrierten FM-Transmitter, mit dem Benutzer drahtlos die Audioausgabe an die Autostereoanlage übertragen können". Da ich nicht weiß, wie dein Modell heißt, hier noch zum allgemeinen Fall, dass kein FM integriert ist eine Internet-Adresse http://www.gallbauer.com/garmin_tmc.htm Ganz lieben Gruß, Fred"

Dann schicke ich zur Sicherheit als Hinweis eine SMS: „Hallo Pat, habe dir Mail geschickt zu TMC-FM. Schlafe gut, Küsschen, Fred".
Nach wenigen Minuten kommt deine Antwort: „Danke schau ich gleich mal. Schlafe auch gut. Dicken Kuss". Immer wieder der dicke Kuss, ist dir klar, woran ich dann denke?

Später kommt noch eine Mail von dir:

„Hallo Fred,

tausend Dank für deine Mühe!!!! Mein Gerät heisst Garmin nüvi 660. Keine Ahnung ob es die Fähigkeiten besitzt.

Lg von Pat"

Diese Nacht schlafe ich tief und fest durch, ich bin so zufrieden über unsere Kontakte.

Vormittags mache ich mich im Internet bei Garmin schlau, dein Navi hat offenbar integrierten Verkehrsfunkempfang.

Später fahre ich kurz zur Bank, auf dem Rückweg rufe ich dich an, du bist gleich mit einem fröhlichen Hallo dran. Du bist allerdings unterwegs, ich frage, wie es dir geht und ob mit deiner Freundin alles klar ist. Du sagst fröhlich „alles bestens". Als du dann beim Reden über deinen Bummel „wir" sagst, schließe ich richtig, dass du mit deiner Freundin unterwegs bist. Ich bestelle sofort Grüße an sie und du gibst „ganz liebe Grüße von Fred" weiter und deine Freundin grüßt zurück. Wir reden übers Wetter, heute Sonne und morgen kein Regen. Dann erzähle ich dir noch, was ich zu deinem navi herausbekommen habe, dass du die Wurfantenne an USB anschließen musst, dann sollte es funktionieren. Du freust dich und bedankst dich

„wenn ich dich nicht hätte, du kümmerst dich immer sofort um alles"

„das mache ich gern, wenn ich dir damit helfen kann"

Dann verabschieden wir uns mit
„morgen zur gleichen Zeit am gleichen Platz"
„ich freue mich".
Es war wieder so wunderschön, deine Stimme zu hören, deine Fröhlichkeit und Zuneigung zu spüren.
Heute bin ich zeitig daheim, und gehe deinetwegen noch in zwei Baumärkte mit meiner Frau.
Ich bin heute wieder voller Aufregung in Vorfreude auf Morgen. Es scheint überhaupt nicht mehr so unwirklich wie sonst, es ist ganz selbstverständlich, es gehört jetzt zu meinem Leben, dich extern zu treffen. Es ist ein wundervolles Gefühl, ich bin sehr glücklich.
In dieser Nacht schlafe ich wieder durch.

Welch ein schöner Tag, ich darf zu dir fahren und es regnet nicht. Um 8:30 fahre ich los und bin nach kurzem Halt auf dem Rastplatz pünktlich um 9 Uhr am Treffpunkt.
Die Baustelle ist weg. Nach kurzem Zögern fahre ich aber in unser zweites Parkhaus wegen „Gleicher Ort". Ich versuche, dich anzurufen, du bist nicht erreichbar. Da scheint mir klar zu sein, dass du im anderen Parkhaus im Funkschatten stehst. Ich entschließe mich dorthin zu gehen und rufe beim Loslaufen noch mal an, jetzt erreiche ich dich. Du bist drüben, hast dasselbe gedacht, als du keine Verbindung bekommen hast und bist auch auf dem Weg. Wir laufen uns entgegen. Ich strahle übers

ganze Gesicht als ich dich sehe und du lachst auch. Wir begrüßen uns zärtlich, du hakst dich ein. Wir freuen uns über das Wetter, nicht nur endlich mal kein Regen, sondern sogar Sonne. Aber es ist kalt.

Dann erzählst du, dass die Chefin dich angesprochen hat, weil der Dessous-Tag wegfallen soll, vielleicht schon nächste Woche. Das ist ein Schock, mir geht blitzartig sehr viel durch den Kopf, wie du zu deinen Einnahmen kommst, ob wir uns so gar nicht mehr treffen können oder du in dem Fall ganz woanders hingehst, weil es egal ist. Wir sind beide kurz ganz still. Dann frage ich dich, was du jetzt machst.

„ich muss wohl in den sauren Apfel beißen, ich bin darauf angewiesen"

Einerseits bin ich erleichtert, andererseits tust du mir leid.

Und wieder einmal, plötzlich ist alles ganz anders.

Beim Frühstück reden wir dann noch mal darüber. Ich tröste dich und rede dir zu, das wird ganz normal, wenn du es nicht ablehnst, sondern bewusst tust, wie FKK. Du findest es erniedrigend, dich so nackt den prüfenden Blicken der Männer auszusetzen. Ich versuche dich von meiner Meinung zu überzeugen, dass es keineswegs erniedrigend ist, wenn du es selbstbewusst tust. Ich frage dich nach der Meinung deiner Freundin. Sie ist noch strikter dagegen als du und würde es nie tun. Das habe ich mir fast gedacht. Gleichzeitig freue ich mich, dass du doch so selbstbewusst bist, nicht grenzenlos ihrer Meinung zu folgen, sondern dir eine eigene Meinung bildest.

Ich ergänze noch, dass du dann ja auch mal an anderen Tagen und zum Beispiel den bisherigen „Haus-nebenan"-Tagen in den Club kommen kannst, weil es dann diese Einschränkung nicht mehr gibt. Dann spreche ich von dem merkwürdigen Zufall, dass meine Freundin bevorzugt dienstags mit mir Essen gehen möchte und mich der Konflikt seit Mittwoch umtreibt. Ich hätte zwar eine Lösung, indem ich eher zu dir komme, aber jetzt ergeben sich vielleicht noch andere Möglichkeiten. Außerdem habe ich dieser Tage daran gedacht, dass meine regelmäßige Abwesenheit Dienstag nachmittags und Freitag vormittags doch mal auffallen könnte. Der Freitag war jetzt zwar Zufall, aber nun ergeben sich wieder ganz neue Möglichkeiten. Ich spreche kurz die Osterplanung an, weil die Kinder Ferien haben, aber du bist so in Gedanken, dass du nicht weiter darauf eingehst.

Ich erzähle dir, wie betroffen und verärgert ich von der unfairen Bemerkung meiner Freundin war, ich müsse selbst wissen, was mir wichtiger ist, mir ihr essen zu gehen oder meine schlafenden Enkel zu betrachten. Du kannst meine Betroffenheit voll verstehen, bist ganz meiner Meinung, dass das eine mit dem anderen nichts zu tun hat und dass ich meiner Freundin das sagen soll. Mir ist jetzt auch wieder klar geworden, dass ich mich auch durch die Haltung und Meinung meiner Freundin zu Kin-

dern damals innerlich von ihr getrennt habe, denn das war für mich unerträglich, damit war sie keine Partnerin mehr für mich.
Ich zeige dir die Fotos von den Enkeln im Hobbykeller und sage, dass ich dir damit in erster Linie den Keller zeigen möchte. Du bist beeindruckt, insbesondere auch überrascht über den Billardtisch. Ich erzähle dir die Geschichte des Tisches und dass ich meine Frau vor vollendete Tatsachen gestellt habe.
Offenbar mache ich mit dem allen einen guten Eindruck auf dich, das tut mir gut. Du lachst kopfschüttelnd und es wiederholend als ich sage, dass meine Frau alle paar Wochen die Bemerkung los lässt „der Tisch muss hier weg".
Ich frage nach, ob deine Tochter das Medikament abgesetzt hat. Ja, hat sie. Aber du machst dir Sorgen, weil sie so viel Angst hat um sich und um dich. Sie denkt soviel übers Sterben nach. Sie träumt vom Tod, der sie oder dich ereilen könnte. Sie hat Angst, im Sarg wieder aufzuwachen. Du hast ihr versprochen, dass du ihr ein Handy hineinlegst. Das hat sie nicht beruhigt, da du ja vor ihre stirbst! Wir lachen, weil das ihre Ängste doch relativiert. Ich erzähle dir, dass ich genau in dem Alter die gleichen Probleme hatte, ich war fest überzeugt, dass ich das Jahr 1955 nicht erleben würde. Das hat sich dann erst gelegt, als ich dieses Jahr überlebt hatte.
Heute Abend gehst du mit deiner Freundin, der Chefin und ihrem Mann ins Kino. Du meinst, es sei ein Film mit Clooney und

J.Roberts. Ich bin sicher, dass das zwei verschiedene Filme sind, ich werde nachsehen.

Dann setzen wir uns in den Außengang, trinken noch einen Kaffee und du rauchst. Dann spreche ich an, dass mich deine Betroffenheit über meine dunklen Gedanken schon sehr umgetrieben hat und deine Reaktion schon sehr heftig war. Du meinst dann, dass dir unsere Aussprache sehr geholfen hat und du es damit verarbeitet hast. Ich sage, dass es mir leid tut und jetzt hoffentlich alles in Ordnung ist. Ich schaue dich an, nehme deine Hände

„du weißt hoffentlich wie sehr ich dich mag"

Du schaust mich sehr lieb an, sagst aber nichts.

Als du kurz deine Lippen eincremst erzähle ich meinen Gedanken von heute Morgen, dass ich dick Creme auftragen sollte. Du schaust mich fragend an.

„damit du süchtig nach mir wirst"

Du lachst schallend.

Dann gebe ich dir den Zeitungsartikel „kein Job wie jeder andere". Du nickst immer wieder bestätigend beim Lesen. Ich schaue dir zu, du liest für meine Begriffe sehr langsam, bewegst auch manchmal die Lippen dabei.

Dann reden wir noch einmal über TMC-FM. Ich bin mir sicher, dass dein Navi die Verkehrsdaten autark verarbeitet, aber vielleicht die USB-Wurfantenne braucht. Du willst das prüfen. Wir sind uns lachend einig, dass man das nur durch Besuch eines Staus testen kann.

Dann machen wir einen Spaziergang durch die Einkaufsstraße, es ist kalt.

Ich frage dich zu meinem rosa Hemd und Schlips Ton in Ton. Du meinst, dass das gut passt, es gefällt dir. Du bist lächelnd einverstanden, dass wir demnächst mal einen Schlips zusammen kaufen.

Du machst ein paar kleine Besorgungen. Wieder gehen wir in den Dessous-Laden. Du bist auf der Suche nach einem Mini-Hemdchen, das alles zeigt, mit dem du dich aber nicht so ganz nackt fühlst.

Auf dem Weg zum Kaufhaus ist der Alkoholismus meiner Frau unser Thema. Du fragst, warum ich nie etwas unternommen habe. Ich erzähle dann vom Abstreiten, vom Verheimlichen, wie ich mit kleinen Aufgaben zum Ablenken durch Haus und Hof geschickt werde, damit sie nachfüllen kann. Wir sind uns lachend einig, dass wir überall im Haus etwas deponieren würden, um immer dran zu kommen. Dir mache ich mit den Schilderungen auch klar, dass ich mich gar nicht zuliebe meiner Frau im Wohnzimmer bei ihr niederlassen kann, denn das würde sie ja beim Alkoholkonsum stören. Du bist sehr betroffen.

Dann gehen wir ins Kaufhaus. Du gehst auf Klo, was sehr ungewöhnlich ist. Ich bin mir sicher, dass offenbar deine Regeltage beginnen. Genau das sagst du, als du zurückkommst und dass du blöderweise nichts dabei hast.

„ich habe dir gesagt, dass es diese Woche anfangen wird, oder?"

Du stimmst mir zu und kaufst Tampons. Auf deinem Handy kommt ein Anruf von der Chefin. Du nimmst ihn nicht an, weil du fürchtest, dass sie dich wegen Kommen ins "Haus-nebenan" fragen könnte.

Wir schauen uns Shredder an, weil du einen anschaffen möchtest und lässt dich wegen Funktion und Ausstattung von mir beraten. Dann schlägst du vor, noch etwas Trinken zu gehen. Auf dem Weg zum Cafe fragst du, ob man bei dir stark Dialekt hört, weil es dir wohl beim Kaufhauspersonal auffällt. Ich sage dir wahrheitsgemäß, dass man es kaum hört, dass du sehr klares Hochdeutsch sprichst, nur manchmal bei einzelnen Wörtern oder Anlässen klingt es leicht an. Du magst das gar nicht und hast deine Kinder streng zum Hochdeutschen erzogen.

Im Cafe entscheiden wir uns beide für Cola, du holst Gläser dazu. Vorher warst du kurz wegen dem Tampon auf Klo, das dir hier gar nicht gefällt.

Du fragst wieder nach meiner Freundin und wir reden über diese Freundschaft und du meinst, ich sollte ihr meine Betroffenheit auf jeden Fall erklären und wie wichtig mir trotzdem die Freundschaft ist.

Du erzählst, dass du sehr frech warst in der Schule, ich erwidere, dass ich ein sehr Stiller war, der sich nichts getraut hat.

Deine Tochter ruft an, sie ist schon aus der Schule daheim. Du drängst aber trotzdem nicht zum Aufbruch.

Dann sprichst du darüber, dass dein Sohn immer zurück steht, auch wenn er gleichberechtigt ist. Da ist er wie ich, ich brauche eine Rolle, um mich zu trauen. Nur beim Tanzen traue ich mir mehr als meine Frau.

Ich gebe dir den Zeitungsausschnitt über Charlotte Roche und sage, dass ich das Buch „Feuchtgebiete" kaufen werde. Das andere Buch von mir hast du noch nicht gelesen. Du sprichst mein Schnelllesen an. Ich erzähle ein bisschen von dem damaligen Kurs und einigen Tricks. Du bittest mich, es an einem unbekannten Zeitungsabschnitt vorzumachen, es gelingt. Du sagst lächelnd „Angeber" und lenkst lachend ein. Ich erwidere, dass ich oft Bedenken habe, dass ich so wirke und darum oft zurückhaltend vermeide, über so etwas zu reden.

Dann machen wir uns eingehakt auf den Weg zum Parkhaus.

Du warst heute so offen, fröhlich, unser Treffen war so selbstverständlich, so privat und persönlich, einfach ein wunderbarer Tag. Wir gehen zu meinem Auto. Ich sage, dass der Vormittag immer so kurz ist. Du drückst mir tröstend und liebevoll blickend die Hand. Du spürst und verstehst meine Traurigkeit, ich sehe es deinen Augen an. Noch einmal bezogen auf die neue Situation sagst du „Plötzlich ist alles ganz anders".

Heute gebe ich dir das Geld im Umschlag, weil du es so lieber wolltest. Du schaust mir lächelnd in die Augen und gibst mir ein Dankeschön-Küsschen. Du steigst zu mir in den Wagen.
Als ich meinen Wagen raus rangiere meinst du
„das ist aber auch ein Tanker".
Das macht mich schon ein wenig stolz. Dann setze ich dich an deinem Parkhaus ab, wir wünschen uns gute Fahrt und du wirst mich auf dem Laufenden halten. Ich trenne mich jedes Mal schwerer, heute auf Grund der ganzen Unsicherheit natürlich besonders. Dann fällt mir auf, dass ich nächsten Freitag gar nicht angesprochen habe.
Vom Rastplatz schicke ich dir eine SMS: „Filme. Der Krieg des Charlie Wilson, mit Tom Hanks und Julia Roberts. Thriller Michael Clayton, mit George Clooney. Auf jeden Fall viel Spaß".
Dann von daheim: „Danke liebe Pat, es war wieder ein wunderschöner Vormittag. Sicher wird es auch mal wärmer sein. Ich bin jetzt gut angekommen, wünsche dir einen netten Abend. Küsschen, Fred".
Meine Frau ist im Stress und schlecht gelaunt, die Spülmaschine ist kaputt. Ich kann den Stress deshalb ausnahmsweise verstehen und ich kümmere mich gleich um den Kundendienst. Aber ihre zusätzliche Übellaune wegen Alkoholentzug, weil heute Tanzkurs ist, nehme ich übel wie immer. Die Atmosphäre ist gespannt.

Hinzu kommt für mich, dass ich noch nicht wirklich angekommen bin und schon mittendrin im schlimmen Klima.

Meine Frau umlauert mich, spannt mich ein mit tausend Kleinigkeiten. Ich würde lieber an meinen Notizen schreiben. Ich erreiche meine Freundin nicht, das macht mich auch ein wenig traurig.

In ihrer Laune macht meine Frau den üblichen Spruch: einmal Tanzen am Wochenende lassen wir ausfallen.

Ich bin einerseits zufrieden und glücklich über den heutigen Tag mit dir, andererseits aber sehr unruhig und beunruhigt, wie es weitergehen wird. Gleiche Termine am gleichen Ort oder starke Veränderungen? Wirst du alle Termine mit mir so abstimmen, dass ich es einrichten kann? Die Dienstag- und Freitag-Termine haben langfristig Vorteile, aber könnten auch mal auffällig werden.

Ich warte heute vergeblich auf eine Reaktion von dir auf meine SMS, bin mir aber sicher, dass du dich morgen melden wirst oder sobald klar ist, wie es nächste Woche weiter geht.

Ich gehe tanzen, du gehst ins Kino.

Als ich heimkomme finde ich eine SMS von dir: „Hallo Fred der Film war einfach nur schrecklich. Kannst du dir schenken. Schlafe schön lg Pat".

Es ist so wunderschön, ein Lebenszeichen, du denkst an mich, ich bin glücklich und gehe ganz ruhig schlafen.

Samstags Vormittag schicke ich dir eine SMS: „Liebe Pat, ich bin voller Unruhe, weil ich nicht weiß, wie es weitergeht. Ich hoffe natürlich, dass es immer für uns beide gute Lösungen gibt. Danke für die Kino Rückmeldung, Clooney? Übrigens: Choko Crossies vergessen. Ganz liebe Grüße, Fred".

Deine unmittelbare Antwort: „Ja Clooney. Meinst du wegen Di. Nackt? Übrigens ist es schon ab nächste Woche".

Ich rufe dich an, das ist doch einfacher. Du bist gleich mit liebem Hallo dran.

„Kommst du?"

„ja, ich muss ja, es ist furchtbar, wenn man keine freie Entscheidung hat"

Ich tröste und mache dir Mut

„und plötzlich ist alles ganz anders".

Du willst dir heute noch etwas kleines, zartes zum „Anziehen" kaufen, um nicht ganz nackt zu sein. Ich bin auf andere Weise als sonst deshalb aufgeregt.

„du kommst ja später? Gerade diesmal könnte ich dich früher gut gebrauchen, um gleich zu verschwinden"

Du wirst dich verstecken. Du bist erkältet, erzählst vom Kino. Ich frage, ob das nächste Treffen am Freitag etwas später möglich ist? du bist einverstanden. Schönen Tag, man hört sich oder schreibt sich!

Es war so ein wunderbares Gespräch, wieder so ermutigend.

Du bist ständig in meinem Kopf, die ganzen Änderungen sind so aufregend, ich kann es gar nicht erwarten, wieder mit dir zu reden oder dich zu treffen.

Wieder stelle ich fest, dass ich keine Stunden zähle bis zum nächsten Treffen, sondern viele Treffen im Voraus plane, obwohl doch jetzt alles in Frage gestellt ist.

Ich bin hin und her gerissen, was ich mir für dich wünschen soll. Wie wirst du deinen Lebensunterhalt finanzieren, wenn du nicht mehr kommen würdest? Ich kann das auf Dauer nicht allein leisten. Andererseits würde es mir gefallen, wenn du nicht mehr anderen zur Verfügung stehen musst.

Ich überlege, was ich dir zu deinem Abwägen sagen würde:

Die Dessous machen natürlich auch deine Ausstrahlung aus, unterstreichen deine Persönlichkeit. Ich muss zugeben, dass damit viel verloren geht. Ich finde deinen Widerstand anerkennenswert, es ehrt dich, wenn du bestimmte Grenzen wie öffentliche Nacktheit oder Nutzung anderer Clubs nicht überschreitest, es macht dich noch liebenswerter. Auch da bin ich irgendwie stolz auf dich. Natürlich hatte ich ganz eigennützige Hoffnungen, dass es meinetwegen alles weitergeht. Das "Haus-nebenan" wäre mit Dessous, aber du findest es dort allgemein erniedrigend und wegen der geringeren Einnahmen schlecht. Deshalb würde ich dich natürlich niemals wieder dorthin wünschen, aber du brauchst Einnahmen. Ich war gerade dabei, meine Club-

Aufenthalte zu verlängern und nun soll das vielleicht ganz aus sein? Aber irgendwann habe ich meine finanziellen Grenzen erreicht, wenn die Geschäftsideen kein Erfolg werden, und dann? Würdest du die Nacktheit-Grenze überschreiten, wärest du nicht mehr an den Tag gebunden und nicht an diesen Club. Würdest du jetzt andere Clubs ins Auge fassen, wenn die einen Dessous-Tag hätten? Würdest du mit mir als Paar in diesen Club oder woanders hin gehen, wir kommen zusammen und gehen zusammen? Sind die Stadt-Bummel und die Übernachtungen im Wechsel eine Lösung für uns?

Als ich von der Tanzparty heim komme entdecke ich eine SMS von dir: „Hallo Fred komme doch nicht am Di. Kann das einfach nicht! Weiß aber auch nicht wie es sonst weiter gehen soll. Es ist alles so zum …".

Das ist jetzt doch ein unerwarteter Schock, alles stürzt in sich zusammen, aber ich bin gleichzeitig so stolz auf dich und deine konsequente Haltung. Wieder einmal bin ich traurig und glücklich gleichzeitig.

Ich antworte trotz der späten Stunde: „Hallo Pat, da bin ich traurig und ratlos. Gehst du dann wieder ins "Haus-nebenan"? Denke ich nur an mich? Ich möchte dich weiter treffen und dich unterstützen. Sollen wir uns Montag treffen und reden? Lg Fred".

Einige Minuten später schicke ich noch emotional hinterher: „Am schönsten fände ich es für dich natürlich schon, wenn du den Job gar nicht mehr machen musst. Aber gibt es diese Lösung und gibt es trotzdem einen Platz für mich in deinem Leben? Bis bald, Kuss und Gruß, Fred".

In dieser Nacht schlafe ich sehr schlecht, schaue immer wieder nach einer Antwort von dir. Ich würde am liebsten wie ein Schlosshund heulen, aber das Weinen will mir nicht gelingen. Gegen früh entschließe ich mich zum Masturbieren, es will zunächst überhaupt nicht gelingen, es entsteht weder Lust noch eine Erektion. Schließlich komme ich auch ohne Erektion heftig aber ohne wirklich entspannende Gefühle. Dann schlafe ich noch mal ein und stehe nach insgesamt wenig Schlaf früh und unruhig auf.

Beim Frühstück überlege ich, ob ich dir meine Unruhe und mein Sehnen nach einem Zeichen mitteilen soll. Plötzlich ist die Angst da, du könntest dich gar nicht melden oder alle unsere Treffen absagen.

Dann finde ich deine SMS: „Guten morgen Fred kurze Nacht mit viel Denken verbracht. Können uns gerne morgen gleiche Zeit im alten Parkhaus treffen".

Ich könnte lauthals jubeln, es geht weiter.

Ich antworte: „Guten Morgen Pat, meine Nacht war auch kurz und unruhig, ich konnte an nichts anderes mehr denken. Umso glücklicher bin ich jetzt über deine Zusage. Danke, danke, ich komme. Trotz allem einen schönen Sonntag, ich umarme dich, ganz ganz liebe Grüße, Fred".

Jetzt könnte ich heulen vor Glück, aber ich bin nicht allein. Feuchte Augen kann ich aber nicht vermeiden.

Ich bin weiter voller Unruhe, ob es morgen so klappen wird und wie es weitergehen wird. Ein wenig glückliche Vorfreude ist da, aber die Unruhe schmerzt kribbelnd im ganzen Körper. Ein Kribbeln aus Liebe und aus Sorge gleichzeitig. Ich schaue im Internet, unser Club nennt keinen Dessous-Tag mehr, aber die Konkurrenz hat mittwochs Dessous-Tag. Darauf hinweisen werde ich dich schon. Aber wenn du nichts Neues beginnst wäre mir das natürlich am liebsten. Ich mache mir Gedanken, ob du auch mit Peter in Kontakt bist und ob er dir auch hilft oder ob du ihm überhaupt mitgeteilt hast, dass du nicht mehr kommst.

Ist jetzt nicht eigentlich die Situation eingetreten, dass du deinem Job nicht mehr nachgehst, unsere Treffen noch persönlicher werden und irgendwann doch zu einer echten Beziehung werden können, weil du ohne diesen Job die strikte Trennung nicht mehr einhalten musst, solange dein Einkommen gesichert ist?

Ich spüre mein Herz ziehen, ich atme seufzend. Es schien alles so schön zu laufen, die schöne Zeit eben.

Alles schien klar, oder? Ist dann doch plötzlich wieder alles ganz anders, nimmt wieder eine unerhoffte Wendung?

Bisher bereits erschienen

Unerhoffte Wendungen Teil 1 - Verliebt?

Unerhoffte Wendungen Teil 2 - du und ich

Unerhoffte Wendungen Teil 3 - *Zweifel und Schatten*

Der Autor ist ein in Süddeutschland lebender freiberuflicher Informatiker und Mathematiker, der sich mit Ökobilanzen und nachhaltigem Umgang mit der Umwelt befasst.

Er hat sich auf das Schreiben von fiktiven Biografien spezialisiert.

Es gibt keine Verbindungen zu seinem eigenen Leben und er hat auch keine Nachforschungen echter Ereignisse durchgeführt, alles ist reine Fantasie.

Übereinstimmungen von Personen und Orten mit tatsächlich existierenden Personen und Orten sind rein zufällig.

Links und Kontakt zum Autor:

    www.neiiiin.de

    www.greatgreen.de

eMail: peter.dannig@greatgreen.de

facebook: peter.dannig